上岭阉牛

SHANGLING YANNIU

凡一平 著

广西师范大学出版社
GUANGXI NORMAL UNIVERSITY PRESS
·桂林·

图书在版编目（CIP）数据

上岭阉牛 / 凡一平著．—桂林：广西师范大学出版社，
2019.6
ISBN 978-7-5598-1766-2

Ⅰ．①上…　Ⅱ．①凡…　Ⅲ．①中篇小说－小说集－中国－当代②短篇小说－小说集－中国－当代　Ⅳ．①I247.7

中国版本图书馆 CIP 数据核字（2019）第 083862 号

广西师范大学出版社出版发行
（广西桂林市五里店路 9 号　邮政编码：541004
网址：http://www.bbtpress.com）
出版人：张艺兵
全国新华书店经销
广西民族印刷包装集团有限公司印刷
（南宁市高新区高新三路 1 号　邮政编码：530007）
开本：787 mm × 1 092 mm　1/32
印张：8　　　　字数：134 千字
2019 年 6 月第 1 版　　2019 年 6 月第 1 次印刷
印数：0 001~7 000 册　　定价：52. 00 元

目录

上岭阉牛

一

村会计潘星龙倒在上岭村平龙屯附近山坡的田地上，他的身体皮开肉绽，满是血窟窿，像是一个坠落的巨大马蜂窝。空前的惨状让先行来到现场的大成乡派出所三名警察，无不瞠目结舌、毛骨悚然。从尸体征象初步判断，毫无疑问是他杀。不低于 80 处创口，可以看出均为锐器致伤，属于刺创。其他跪压或踩踏的损伤更是不计其数。谁有这么强大、残酷的力量和手段，制造了这起命案？杀了人还要毁尸或辱尸，凶手与被害者之间，那该有多大的仇恨呀！

派出所急忙将案情向县公安局报告，县局又向市局汇报。市公安局领导高度重视，派出刚改革的刑事侦查部、情报信息部的精干警力，会同县公安局刑侦、技术、乡派出所全员，共计30人，组成专案组，展开破案工作。

这是2018年1月31日，农历丁酉年癸丑月十五。

寒冬的上岭村，破天荒涌来了数十名警察。威武的警车载着警察，像一股洪流，或一团烈火，封锁了上岭村。所有人未经允许，只许进不许出。

案发现场更是警戒森严。警戒线内外，清一色的警察和芜杂的观众泾渭分明，像是两国边境画地为牢的公民。除非特殊需要或受到邀请，警民之间目前暂时没有密切、广泛的接触和往来。一个原始、完整和清楚的案发现场，符合警民们的期待。

而现场却是一团糟。

在死者周边，满是污泥浊水，草被践踏，脚印被雨水洗刷殆尽。坡地里捡到的几颗烟头，经证实是前面来的派出所警察留下的。

死者外衣裤未检出死者以外的DNA分型，现场生物检材及死者指甲内提取物未检出死者以外的DNA分型；死者手机未获得比对条件指纹，水鞋未获得指纹痕迹。整个村庄无天网监控探头。平龙屯只有一个进出车辆卡口。

等待尸检结果是警察们断案的正确途径，就像高明的医生也得依赖机器的检验才能诊断一样。

法医连夜尸检，在第二天早晨出了结果：

一、上衣下缘翻卷至腋下，秋裤、内裤翻卷至两踝关节；

二、右季肋区上段腋中线处刺创伤及肺脏、心脏；

三、右锁骨上窝刺创穿破主动脉弓及心脏；

四、左胸部刺创穿破心脏；

五、胸壁皮肤未见明显皮下出血，胸腔塌陷，胸、肋骨多发性骨折；

六、尸表刺创长轴基本上均顺着皮纹裂开，创缘存在明显挫伤带，皮肤创口大于肌肉组织创口，创壁不平整，创腔内未见组织间桥，肌肉组织不规则撕裂，肌束断端不平整；

七、死者胃内容物、肝脏未检测出酒精、常见毒品、毒物、安眠镇静类药物。

上岭村已放假的小学，集中着专案组大多数警察，他们根据尸检结果展开讨论、分析，初步认定：

一、死因：符合急性大出血死亡，胸腔塌陷，心脏破裂、主动脉弓破裂、肺脏破裂，符合严重的胸部损伤引起呼吸、循环功能障碍而死亡。

二、推断死亡时间：根据尸僵强度、角膜浑浊程度，以及胃内容物提示为餐后2小时的情况，据侦查走访证实死者为早上9时进食，食物为米粥，综合分析死亡时间为2018年1月30日早上11时至13时（因为死者每天中午12时习惯回家吃午饭，2018年1月30日12时未回家进食，推断当时已经遇害）。

三、致伤工具：单刃锐器，工具易刺不易切。倾向单刃，刃较宽背较厚，考虑某种农用工具。

四、锐器创口情况：死者衣裤上有81处创口，身体上不低于80处创口。

五、其他损伤情况：肢体其他部位的损伤符合钝性损伤(可能摔跌造成),骨折符合跪压或踩踏所致。

六、现场反映作案时间较长,大于30分钟。

七、作案人数:符合一人。从进出现场的路线考虑本村屯人作案的可能性较大,作案人与死者关系比较密切,跟死者有交集。

八、从尸体损伤情况判断:嫌疑人作案时情绪处于亢奋状态,可能愤怒或吸食毒品产生幻觉。

这些认定成为警察们的共识。但却不是集体智慧的结果,核心或主脑的作用至关重要。

卜剑是专案组的核心。这位市公安局刑事侦查部的二级警督,虽然不是专案组的组长,却因为从警以来,屡破疑案、要案,立功无数,破格晋升,而成为警察们的主心骨。尽管他只有32岁,却一言九鼎。

卜剑今天主导了案件的分析。他根据尸检结果和现场情况条分缕析,说得头头是道,获得在场警官们的同意和信服。

专案组组长、县公安局分管刑侦的副局长罗勇,看着警衔比自己高、职位比自己低的卜剑,像高校的政工干部看待教授一样，既尊重也管理，他定夺说：“卜剑二级警督的分析，我认为有道理。我同意他对案情的基本判断。接下来，我们将据此确定侦查方向，找出嫌疑人。”

大家将目光再次聚焦卜剑。

卜剑当仁不让，说：“被害人潘星龙，属于仇杀或情杀的可能性极大。因此侦查的方向和调查的重点，是与他有矛盾的人或人群。为了确保万无一失，全村216户1072名村民，都要访问和排查。每个人都要说明1月30日案发当天，从早上9点到下午6点的活动轨迹，包括去哪里、看到什么人、有谁能证明。通过这个排查方法找出活动异常的人员。要入户见人，建立一人一档。外出打工或不在家、失踪的要详细注明。特别是那些长期在外打工，案发时回到村里、案发后又外出的可疑人员。一旦发现可疑人员，及时汇报！我们现在可用的干警是27人，分成13组，两人一组，自由组合。罗勇副局长在这里坐镇指挥不动。就这样。”

仅仅是专案组成员的卜剑，却像领导在下命令或做指示。

听令的干警们正要出发，被灵醒的卜剑叫住：“不要走呀！领导还没做指示和下命令呢，走什么走？”

干警们站住，看着卜剑身旁形同虚设的专案组组长罗勇，多数人颔首低眉，像是意识到了漠视领导的错误。

罗勇面无表情，举手一挥，说：“出发吧。”

卜剑随同行动的干警没走几步，被罗勇叫了回来。

罗勇对卜剑说：“你留下。我换你。”

卜剑说：“我不是领导。您是领导。”

罗勇说：“现在领导叫你留下。”

卜剑真的就留下了，代理领导当领导。罗勇果真替换卜剑去做侦查工作，就像指挥员变成战士上阵杀敌一样。

设在上岭村小学的专案组办公室，只剩下卜剑一个人，像个光杆司令。他这司令仿佛当得心安理得或情愿中意，因为他只想破案，并非要权或夺权。他觉得他能破这个案，很快就能破，最迟春节前就能破。但这个案离开他的主导肯定不行，至少不能很快就破。所以罗勇要他留下坐镇指挥，那就留下。只要心中坦荡，心就安然。更何况，专案组组长，他当过不少于十次。他这次没有当，是因为专案组里有县公安局副局长，行政级别比他高，官大当头，十分正常。话说回来，案子破了，组长光荣。案子不破，组长愧悔。卜剑认为，有他坐镇指挥，运筹帷幄，那是给组长贴金。

二

上岭村鸡飞狗跳，家家户户凝重阴沉，人人诚惶诚恐，即使警察正大光明地到来，也无法避免人和禽畜的不安。十多组警察正在走村串户，像推土机一样扎实进入各家各户，进行排查。没有警察进入的人家，也都知道只是暂时的。因为全村人已得到通知，每个人必须待在自己家里，等待警察调查。

警察们其实没有想象的凶，甚至一点都不凶。已被询问或正在被警察询问的村民，他们看到的、接触的警察，都很和蔼、知礼和耐心，和扶贫干部差不多，只是比扶贫干部多穿了件制服而已。他们甚至都不带枪，或者是把枪藏得很深不往外露。总之，就是觉得警察亲切，仿佛是家访的学校老师，不管好坏，都是带着善意和诚意来。

被询问的村民，几乎没有拒不回答的。他们大多表现得像乖巧、老实的学生，知道的全说，不知道的就说不知道。

关于村会计潘星龙的死，村民们都觉得很意外，一致地表达，不是“想不到”，便是“没想到”。

想不到潘星龙在这个时候死。

没想到潘星龙死得这么惨。

潘星龙是和别人有过节儿，但不至于严重到被杀死呀，但还是被杀死了，想不到。

作为村会计的潘星龙，掌管着全村的财政小权，以及每户人均收入和支出情况。他提供的数据和方案，对村委会的开支决策，尤其对贫困户的认定和扶贫款发放，起着关键作用。想想他当了二十年会计，肯定有很多的不公允，村民们多有抱怨，但没有达到仇恨的地步。但他却被杀了，没想到。

还有潘星龙好色，众所周知。村里三十岁以下的女人，没有不被他调戏过的，但大家看到的只是他嘴上的调戏。动手动脚没有看到，或许有，或许没有。但不能凭莫须有的揣测，就把人杀了呀。想不到，没想到。

过节儿也好，抱怨、揣测也罢，警察们都要知道，而且要知道得非常详细，比如潘星龙和谁有过节儿？什么原因？抱怨潘星龙的焦点在哪里？他好色体现在什么地方，或什么人身上？等等。

村民们便回忆并且回答。

专案组各小组收集到的情报如下：

一、2011年，受害人潘星龙作为平龙屯代表，状告平龙屯的陆某勇、吴小斌、吴某民、陆某云（已故）、黄某金、陆某明（已故）、廖某珍、陆某学等8户村民擅自将屯的集体共有山林"莫母山"承包给七坡林场，要求该合同作废，引起受害人与上述人员之间的矛盾。

二、2012年，受害人潘星龙因在"水门"搭建其牛棚的围墙，与本屯的黄某华的甘蔗地有重叠，双方发生过争执，经过村委调解，以受害人潘星龙所建围墙往后移一米多作罢。

三、2013年，在"老昔"山田地，受害人潘星龙与黄某深以放置石头为界划分双方田地范围，后因所放置的石头不见，黄某深的母亲就说是受害人妻子韦某生所为，双方也因此发生土地纠纷。

四、2014年，受害人在其牛场后面承包陆某华的坡地用于种植甘蔗，当中与廖某珍有过口角纠纷，后经村委调解,双方同意和解。

五、2015年,受害人潘星龙的牛棚所建围墙占用了运输甘蔗的道路,造成车辆无法行驶,使得韦某文等人的甘蔗无法运输。韦某文等人因气愤就拉来石块放到受害人的牛棚附近搭建路墩,使受害人无法运送食料到牛场。

六、十多年来受害人潘星龙因家庭琐事一直与其弟潘火龙家庭不和。

七、村民普遍抱怨受害人潘星龙建造牛棚,影响本村屯的风水龙脉。

八、发现受害人潘星龙与本屯已婚妇女张爱娇有暧昧关系。

情报汇总到专案组办公室,说白了是报告给了卜剑。

卜剑听完口头报告,又看了书面报告,闭上眼睛。

他的脑海浮现八个可疑对象。当他重新睁开眼睛的时候,随口说出了八个人的姓名:"黄某华,林某,张爱娇,吴小斌(张爱娇丈夫),陆某团,陆某华,陆某勇,韦某文。这八个人,需要重点调查,案发当天他们在干什么,必须要有确凿的证明!"

警察们再度出动，针对八个可疑对象，进行调查取证。

信息陆续反馈。案发当天，八个人都不具备作案的时机和条件，且每个人都有两人以上的排除嫌疑的证词和依据。

愁云开始浮上卜剑的脸。这位颇有作为的年轻警察，有些沉不住气了。他抽烟的频率在提速，一支紧接一支，口口浓烟。他踱步的腿看上去很重，像绑着沙袋。

终于看到卜剑抽烟和踱步都停了。只见他说：

“潘火龙，张爱娇，吴小斌，这三个人，我要亲自询问！”

询问的地点就在上岭村小学。教室就是询问室。

首先询问潘火龙。

潘火龙是潘星龙的弟弟。他和哥哥潘星龙十多年的矛盾，是他一而再再而三被警察不厌其烦询问的原因。

但潘火龙明显是烦了，不仅仅是烦，而是恼火。这个五十好几的男人被带进当作询问室的教室，已经暴躁，骂咧咧的。“××的，我不可能杀了我哥哥，我杀了我哥哥，我还是人吗？”然后他看见已坐在教室里的两名警察，“你们有没有把我当人看呀？我是人呀，不是牛被你们使唤来使唤去，奴役个没完没了！”

警察中有一个站了起来,做出迎接的姿势。他客气地请潘火龙在对面的凳子上先坐下,然后自己才坐下。“抽烟吗?”他说。潘火龙说抽。于是他又站起来,走到潘火龙跟前,递过一支烟,还帮潘火龙把烟点上了。

潘火龙一边抽烟一边看着伺候他的警察,他发现这个警察的肩章与别的警察有所不同,别的警察是一杠一星、两星和三星,是一毛一、一毛二、一毛三,这个警察是两杠两星,二毛二。看出端倪的潘火龙说:“你是这帮警察中最大的吗?”

“我叫卜剑,”卜剑说,“没错。我是目前驻村的警察中,警衔最高的。”

潘火龙气色舒缓了些,像是得到了尊重和较高的待遇,他慢慢地吐出一口烟,说:“一开始,就应该你来问我才对嘛。绕来绕去,折腾我那么多次。”

卜剑说:“不好意思。但是请你理解,我们都是为了你的哥哥,也为了你。”

潘火龙说:“你该不会认为我杀了我哥哥吧?”

卜剑说:“但是你和你哥哥是有矛盾的,十多年的矛盾。是吧?”

"矛盾是有,"潘火龙说,"但不是我杀了他!"

卜剑说:"那就请你说一说,你们兄弟俩,究竟是什么矛盾。"

"我跟你们警察说过两遍了!"

"现在请你说第三遍。"

潘火龙看着掷地有声的卜剑,发现他已经变得严肃了,一张冷峻的脸,像冻住了的白馍。

看来必须要说,而且是一五一十地说。

潘火龙说了,他的讲述,有情节,有细节,不失精彩,像一篇故事——

两兄弟的矛盾或故事,从哥哥潘星龙偷看弟妻洗澡开始。

十二年前,一个寒冷、有月光的晚上。

覃冬花对在外打工归来的丈夫潘火龙哭哭啼啼,说:孩子他伯,偷看我洗澡了。

那时候,丈夫潘火龙刚从妻子的身体上下来,气喘吁吁,像一个运动过猛的人。有近一年不做这事了,憋得慌,所以快速、猛烈发泄情有可原。他赤条条躺在床上,觉得有一点累，却很舒坦。妻子突然哭了起来，像是孩子奶没吃饱似的哭。潘火龙说等我歇一会儿，再来。妻子还哭。潘火龙说我不是讲了吗？等一会再来。先让我歇一会行不行？妻子说你以为我想这事呀？我才不为这事哭呢。潘火龙说那你为什么哭？妻子覃冬花就说了大哥潘星龙偷看她洗澡的事情。

经过是这样的——

就在八天前，晚上9点左右，覃冬花像往常一样，等孩子上床睡觉后，便去洗澡。那天的澡洗得跟昔日有所不同，她是一面哼歌一面洗的，因为想到丈夫再过八天就回来了，所以高兴。她边唱边洗，边洗边唱，像一只欢快而招摇的猫。她完全没有觉察到，有一双眼睛正从墙洞偷窥她。

如果不是突然停电，她可能就发现不了这双眼睛。

因为停电，洗澡间黑了下来。覃冬花摸黑继续洗澡，歌声却更响亮，为了壮胆。潘家的洗澡间是建在主屋外面的，跟猪圈和牛栏连在一起。此刻黑灯瞎火。确实有点怕。事实上，覃冬花已经提高警惕了。她的身体不停地转动，盯着洗澡间的四面，连顶棚都不放过。

于是她发现后墙闪着幽光，在墙洞外边一明一灭。她最初以为那是萤火虫，或是野狸。突然一声大吼，光跑掉了。她紧接着贴住墙洞往外看，月光下，只见一个高个子人影，正从护坡上往下摔，或是慌张地往下跳。毫无疑问她被人偷看洗澡了，摔下去或跳下去的就是偷看她洗澡的人。这个人是谁？覃冬花当时不敢出去，后来灯亮了穿好衣服出去，也没有过去看。看也没用，人应该跑远了。

第二天，覃冬花发现大哥潘星龙没有起床吃午饭，问大嫂。大嫂说他昨晚摔了一跤，摔伤了，起不来。覃冬花一听，立刻联想到昨晚洗澡羞愧惊恐的一幕，把偷看她洗澡的人，跟高个的大哥对上了号。这当家做主的哥哥怎么这样下流呢？偷看弟妻洗澡，不害臊，而且肯定不止这一次。

潘火龙听了妻子的讲述，开始是不信的，或者说是不愿意相信。他和哥哥的关系从小就很好，难兄难弟。这也是两兄弟虽然都结了婚却不分家的原因。兄弟俩及其妻小，一直都吃一个锅里的饭，钱只从一个人的手里支出。弟弟潘火龙打工剩余的钱，全部交给哥哥潘星龙。谁要用钱，都需要跟家长申请。潘星龙是名副其实的家长。

如果覃冬花说的是实话，那么潘星龙这个家长，就很不道德。他跟一坨屎,便没有差别。

可是哥哥真的是这样瘘的人吗?

见丈夫不信,覃冬花一气回了娘家,春节也不回来。

少了妻子的年夜饭,潘火龙闷头喝了一缸的酒。潘星龙劝他别喝了。哥哥一句善意的话却点燃了弟弟的怒火。弟弟把酒碗一摔,当着父母、嫂子、侄子侄女及儿女的面,指责哥哥,说潘星龙,你偷看哪个的老婆洗澡不行,偏要偷看你弟弟的老婆洗澡?

也喝得晕乎的潘星龙更加蒙圈了,像是当头挨了一大棒。他看着血口喷人的弟弟,说你讲这个话,要有根据哦。根据在哪里?

弟弟指着哥哥还敷着草药、缠着绷带的腿,说你这条腿是不是我回来前八天摔伤的?

哥哥说是。大概是。

是不是晚上 9 点左右摔伤的?

是晚上。几点记不得了。

在什么地方摔的?

我们家附近。护坡那里。

为什么摔?

喝多了呀,从外边回来。

然后就偷看我老婆洗澡,被发现了,慌忙跑掉,从护坡上滚了下去。

弟弟潘火龙像一名警察,逐条逐句审问哥哥。

哥哥拒不承认,说我从护坡上跌下去是事实,但是我没有偷看你老婆洗澡。这是你老婆无中生有,编造的。

这么严重的事情,她为什么要编造?她有病呀?弟弟说。

是有病。

你有病!老毛病。弟弟说,碍于嫂子、父母和孩子们在场,他点到为止,没有具体数落哥哥过往的风流韵事。

火龙,你老婆在挑拨离间,破坏我们两兄弟之间的感情,你要警惕!

潘星龙,我们兄弟的情分到此为止,今后一刀两断!潘火龙说完,又摔烂一个碗。

看着毅然决然的弟弟,潘星龙也被激怒了,说断就断!明天就分家!

分就分!到这个份上了,不分也不行。分!

在场的家人都被吓坏了,哭的哭,劝的劝,但都无济于事。

第二天，大年初一，在一个锅里吃了四十多年饭的兄弟，正式分家。

四间房屋，各得两间。

共同的父母，一人领养一个。

潘火龙说我先挑。

潘星龙说为什么你先挑？

因为我占理。你是有过错的一方。

好吧。你先挑。我让你先挑，不是因为我有过错，而是因为你年纪小，就像从小到大，好东西都先让你拿一样。

潘火龙理所当然，挑走了健康、勤劳的母亲。

老弱病残的父亲，归了潘星龙。

相伴近五十年的老夫妻，没有自主权或选择权，眼睁睁、活生生地被儿子瓜分，像是遭受棒打的鸳鸯。

接下来是分牛。

潘家有两头牛，一头母的，一头公的。两头牛都有名字，母牛叫达旺，公牛叫得猛。

潘火龙还想先挑，选母的。

潘星龙不干了。

达旺归我。潘星龙说。

达旺是母的，以后能怀胎生崽，哪个不晓得母的比公的好。潘火龙直言不讳地说。

潘星龙说不能好处都是你一个人得。你得了母亲，还要母牛，这不公平。你要母牛也可以，母亲归我。母亲和母牛，你只能选一个。

潘火龙认真想了想，留了母亲，舍弃了母牛。

分家完毕，弟妻覃冬花回来了。她像重新嫁入好人家一样，心情舒畅，对丈夫也格外体贴。

潘星龙对弟弟潘火龙一针见血地说，你老婆造出这个事，目的就是为了分家。而你信了你老婆的造谣，说明你也是想分家。现在你们的阴谋得逞了。从今往后，我们各过各的，井水不犯河水。

两家人果然相安无事了一段时间，直到又因为牛的事情，再起争端。

争端的缘起是，潘星龙家的母牛达旺和潘火龙家的公牛得猛，共同糟蹋了村民韦善庭家的庄稼。

那天，风和日丽的正午，达旺和得猛在山坡上吃草，趁放养它们的潘忠杆、蓝秀广两夫妻不备，或疏于监管，搞在了一起。这双青梅竹马、情窦已开却各有其主的黄牛，冲破界限，像一对奔向自由的情侣，公然地交配。或许因为胆大妄为，或许云雨初试，它们踏入一块绿油油的稻田，把禾苗糟蹋了一大片。

稻田主人韦善庭将野合的牛捉了现行，像捉奸捉双一样。

两头作奸犯科的牛，被越来越多咋呼而来的人团团围住，狼狈不堪，的确像被捉奸的男人和女人。

最狼狈的还是潘忠杆和蓝秀广夫妻。这对因为分家而被迫分居的夫妻，没有管好各自放养的牛，让它们任性，糟蹋了别人的庄稼。这不重要，重要的是，两头牛任性的时候，他们在哪里？在干什么？是否也像牛一样任性？这是这对分居夫妻的狼狈所在。尽管潘忠杆和蓝秀广说了一条又一条看管疏忽的理由，却没人相信，因为没有一条理由合乎人们的想象和推理。人们嘲笑的目光，像剑雨直击这对恩爱的老夫妻，让他们有口莫辩、汗颜无地，尤其这些目光中，最强烈的来自他们的儿孙。

潘星龙和潘火龙不约而同地呵斥他们的父母，然后将父母赶走。仿佛同仇敌忾的兄弟俩，留下来处理对庄稼损失的赔偿。

稻田主人韦善庭提出十担稻谷的赔偿要求。经在场五位老农的评估，觉得合理，潘家两兄弟各赔偿五担。

分歧却出现在两兄弟上。公牛得猛的主人潘火龙说这不合理，五担我不赔。

为什么？

我的得猛造成的损失，到不了五担。

两头牛在稻田里，造成十担的损失，不是一头五担吗？你虽然小学五年级，但十除以二等于五，总会吧？

这不是算术题！不能这么算！

那怎么算？

我的是公牛，你的是母牛，对吧？

对。

那么好，两头牛干事的时候，母牛是四条腿着地，公牛只是两条腿着地，对不对？是不是？

是。

那么，四条腿着地和两条腿着地，对庄稼的损坏是一样的吗？

……

所以,我只能按两条腿来赔偿,赔三担多,最多赔四担。

哥哥潘星龙气得要吐血。

在场的成年人听了,都觉得在理,奉劝潘星龙接受六四开的赔偿份额。

潘星龙接受了。他为他只有四条腿的母牛,付出了六条腿损害的赔偿。

这事还没完。

九个多月后,母牛达旺产下一头牛犊,是个公崽。

弟弟潘火龙找上哥哥,为牛犊的权属事情。潘火龙一定又是受了妻子覃冬花的教唆,因为他提出的问题既胡搅蛮缠却又在情理之中。

潘火龙说这头牛崽,我家有一半的产权。

正在为哺乳的母牛喂料的潘星龙一愣,说为什么?

因为这牛崽是你家达旺和我家得猛所生,它的身上有我家得猛的骨血,所以依理依规,我有一半的归属权。

什么理什么规?

打个比方,潘火龙抹了一下嘴巴说,侄子侄女都是你和大嫂所生,是你们夫妻共同的孩子,对吧?但是如果,我是说如果,如果你和大嫂离了婚,分开了,也不能抹杀孩子是你们共同的孩子的事实吧？按照法规，大嫂享有孩子的抚养权，你同样享有孩子的抚养权，对吧？

潘星龙像是听明白了，他义愤填膺，手里的瓢勺晃晃摇摇，像对付疯狗的斧子一样，恨不得朝潘火龙劈过去。

你不同意我们就找村老们来评理！

你想怎么样？潘星龙说，他不想再在村人面前丢丑。

潘火龙说，现在一头牛的市价是四千块钱，你给我两千买断牛的产权，如果你打算养这头牛的话。如果是你养的话，考虑到牛还小，你将来把它养大需要成本，我只要一千就可以了。如果你不养，归我养，那我倒给你一千。

潘星龙指着正咬着母牛乳头不放的牛犊，盯着明显是想要钱的潘火龙，说我晓得你为什么抢着要阿妈了，原来你到现在都还没断奶。你到现在都还没断奶，你忍心让这牛崽现在就断奶吗？

潘星龙最终给了潘火龙一千块钱，完全取得了新生牛犊的产权或抚养权。

这小公牛后来潘星龙给它取名叫火种。火种是什么意思？潘星龙懂，潘火龙不会不懂，甚至村里人逐渐也懂了。这显然是侮辱弟弟潘火龙的牛名，但只要牛的主人潘星龙不改,谁也没法改或没权利改,就像是父母到派出所给孩子报了名字登记户口一样,轻易是变不了了。

“你以为给那公牛取名字叫火种,我不晓得是损我衰我吗? 我晓得得很!”讲完兄弟恩怨的潘火龙对警察说,他哼了一声,阴笑了一下,“但我没办法,也无所谓。遭报应的又不是我。”

卜剑和负责笔录的另一名警察听了潘火龙的讲述,都很想笑,但忍住了,准确地说,他们借用点烟的手势掩饰了抑制不住的笑容。

这次他们没有给潘火龙烟抽。

“你就因为这荒唐的家庭琐事杀了你哥哥?”卜剑说。

“我没有! 他死的那天我都不在村里,我怎么杀他?”潘火龙态度强硬地说,他指着警察,“你们看看前面警察问我的材料,有六个人那天跟我在一起。那六个人想必你们也都问过了。我杀没杀人,他们可以作证。”

的确,卜剑看过证人的证词,挑不出毛病。只有让潘火龙走。

接下来审张爱娇。

中年妇女张爱娇穿一件长身的红色羽绒服，在阴冷的教室和黑色制服的警察面前，像一团火。她不怎么皱的脸还抹了胭脂，涂的唇膏也是红色的，看上去十分阳光。

负责询问的换了一名女警察，卜剑变成了笔录员。

女警察问："张爱娇，我们为什么专门把你叫到这里来，你应该清楚吧？"

张爱娇爽快地回答："我晓得，是我和潘星龙的事情。"她抖擞了几下没有扣上的羽绒服，像扇扇子一样，"但我不认为潘星龙的死，跟我有关。"

"你就讲你和潘星龙的事情，至于他的死跟你有没有关系，由我们来判断。"女警察说。

张爱娇说："我和潘星龙有过几次那种事，属于他情我愿，我不恨他，他也不欠我。就那么几次，后来就没有了，断了。"

女警察说："为什么断了？"

"断了就是断了，没有那种事了。"

"是不是潘星龙移情别恋？另外有了女人？"

"不是。我不晓得。"

"那是什么？"

张爱娇看看女警察旁边的男警察，没有回答。

女警察说："你必须回答。"

张爱娇说："他那方面不行了。反正跟我是不行了。"她又看看男警察，滚烫的目光落在这个英俊硬朗的小伙子身上，像是渴望。

卜剑忍不住发话了："你和潘星龙的事情，你丈夫知道吗？"

"晓得，"张爱娇说，"他们后来打了一架，然后都摆平了。"

"怎么摆平？"

"潘星龙给了我丈夫两万块钱，当作是与我通奸的赔偿。"

卜剑说："你丈夫后来还找没找过潘星龙，再次索要赔偿？"

张爱娇说："我不晓得。你们问他吧。"

在张爱娇走后，她的丈夫吴小斌出现在警察面前。

吴小斌像他的名字一样，个子小且精神，两只眼睛滴溜溜的，像老贼一样灵敏。

卜剑一针见血："吴小斌，你最近赌输了多少钱？"

吴小斌说："不多不多，小赌而已，输不了多少。"

"到底是多少？"

"三五千吧。"

卜剑把桌上的材料一抖，"你欠多少人多少钱，上面都记着呢。要具体帮你统计吗？"

吴小斌这才说："五万以上吧，但肯定不到十万。"

"为了还赌债，于是你找上潘星龙，继续勒索他，勒索不成，然后就杀了他，对不对？"卜剑说。

吴小斌说："不对。潘星龙死那天，我整天都在赌博，所有参赌的人都可以作证。也奇怪得很，那天我手气特别好，当场还掉了一万多。"

卜剑手里的旁证材料扎扎实实，同样看不出破绽。

最有杀人动机的几个人，都有不在场的人证物证，并且经过侦破高手的再审，也无懈可击。

卜剑蒙了。这个别人以为（他也自以为）是智力超群的警察，第一次感觉到了自己的弱智。面对一起农民被杀杀人凶手也极可能是农民的案子，他以往屡试不爽的经验和手段，竟然不够用，甚至没有用。这个凶手难道狡猾到一个优秀的警察都找不到蛛丝马迹的地步吗？

三

卜剑再次来到案发现场。

这是案发第七天,距离除夕还有七天。

这天的案发现场更是面目全非。经过数天的风吹雨打,人畜踩踏,要发现或找到新的物证和线索,已经是难上加难。

卜剑决定扩大搜索范围,即以案发现场为中心,将搜索圈扩大到一公里。

果然有收获。

案发现场旁有条黄泥路直通河边,河边都是鹅卵石路,沿河边石头路前行 400 米(距离中心现场 500 米左右)有一处矮树丛,警察在矮树丛下面的多块石头上发现疑似血迹,血迹分布范围广,分布形状类似人形侧躺的形状。卜剑当即怀疑是嫌疑人侧躺在草丛后面躲避河对岸耕作的人。另外,在矮树丛旁 3 米处有一副看起来很新的黑红色手套,两只手套上下搭在一起,不似河水冲上来的垃圾。手套上有点状泥污,肉眼观察泥污颜色类似中心现场泥土的颜色。卜剑立即通知法医痕验部门对带血的石头、树叶、手套进行提取，送 DNA 实验室提取比对。

次日凌晨两点，从中心现场到河边沾有血迹的矮树丛，来自市局的技术部门采取隐血试验，即用“蓝星试剂”对载体进行喷洒。“蓝星试剂”显示：

一、从中心现场到旁边泥路边的草上都有荧光反应，但到泥路边就中断了。这是因为泥路边已经没有蒿草，行走时剐蹭不到，所以没有载体喷涂；二、河边矮树丛叶子及石头上有荧光反应，荧光反应一直从矮树丛延伸到河边，有荧光反应的石头分布和成人走路的步距相同。

卜剑据此怀疑嫌疑人案发后沿河边行走，发现河对岸有人后，在矮树林侧躺躲藏，四下无人后涉水过河，踪迹消失。

专案组组长罗勇及县级的警察们对隐血试验都很陌生。卜剑不得不对他们进行科普——所谓隐血试验，就是在检验血痕时，“蓝星试剂”与血红素（hemoglobin，血红蛋白中负责运输氧的一种蛋白质）发生反应，显出蓝绿色的荧光。这种检测方法极为灵敏，能检测只有百万分之一含量的血，即使滴一小滴血到一大缸水中也能被检测出来，由此可知犯罪分子是多么难以把现场清洗干净了。但凡是血液都会有反应，而且要看到荧光必须是在没有光亮的地方，所以这种实验一般是在漆黑的房间里或无光的夜晚进行。

受科普教育的警察们无不感到新奇，啧啧称赞上级同行的高明。在寒风凛冽黑咕隆咚的深夜，包括卜剑在内的警察们，仿佛看到了曙光。

然而，第二天法医实验室反馈，石头和矮树丛叶子上的血迹非人类血迹。

案件再次陷入僵局。

卜剑有太多的想不通：

第一，现场杂乱，嫌疑人有太多多余动作（脱衣、脱裤，掩盖外衣却不掩盖尸体、手机）。

第二，尸体多处创口无“生活反应”，生前伤和死后伤都有，而且死后伤居多，反映出死者死后10分钟至半小时以后，嫌疑人还在现场伤残尸体，但伤残动作并不是要分尸或毁尸灭迹。大白天在空旷的草地处犯案和伤残尸体，且持续时间长，反映出嫌疑人不惧怕被人发现，或者根本没有考虑被人发现的问题,行为反常。

第三,尸体呈被拖动状,从未收割的甘蔗地旁拖动到空旷草地处,该行为非常反常,不符合一般嫌疑人的行为特征。

第四,死者经常一人在牛场居住过夜,白天中午回家吃饭。牛场离平龙屯有一公里多,周边无人居住。换位思考,如果我们是凶手,肯定会选择夜间在牛棚行凶,而不是大白天在空旷的草地杀害死者,反映出凶手思想和行为比较异常。

这诸多的想不通,促使卜剑对嫌疑人进行了二次刻画——

一、作案过程:偶遇—杀人—脱衣—切割—离开。

二、作案动机:谋人。

三、嫌疑人:男性,成年,本地,矛盾,智障?

四、重点范围:上岭村平龙屯。

五、重点对象:智障或精神病人优先。理由:1.损伤次数多分布广——过度发泄;2.损伤在前脱裤在后——行为倒置;3.翻动尸体切割组织——意图不明;4.茅草简单掩盖衣裤——行为幼稚;5.白天长时间滞留现场——无视风险。

卜剑把他的新想法和新思路告诉专案组组长罗勇和其他几位骨干,得到认同。

罗勇说:“你下指示吧。”

卜剑指示:本次侦查方向,一、据案发现场尸体有绕圈拖动的痕迹,衣裤及身上不低于80处创口,且案发地属农村,考虑当地封建迷信或者是否有村民信奉邪教、仪式感。二、从现场许多反常点考虑,有可能是精神病人或吸毒致幻人员,可重点排查附近村屯的精神病人和登记在册的吸毒人员。本次排查范围,一是排查平龙屯及案发现场附近的村屯里登记在册的精神病人和吸毒人员案发当天的活动轨迹;二是排查平龙屯及案发现场附近的村屯里是否有邪教组织渗透;三是排查平龙屯及案发现场附近的村屯里案发前家庭有重大变故的村民(此类人容易受封建迷信影响)。

专案组各小组原班人马再次出动,按照卜剑的指示,进行侦查和排查,仿佛按图索骥。

这是案发第九天，距离除夕还有五天。

这次的侦查和排查异常困难。因为春节临近的缘故，或者因为警察们反复的缘故，村民们已经不积极或不愿意配合。他们要么出去采购年货，要么断然一问三不知。

积极的还是有。

居然是曾被当作嫌疑人的潘火龙和吴小斌。

潘火龙反映，1 月 29 日，有一个杭州号码 186670255××打给他称：你家里准备有人要死了。

但是经查，1 月 29 日当天接到电话的还有本屯和附近屯的 8 名村民。后经和杭州公安机关核准，拨打电话的系杭州市一精神病人，号码系随机拨打，当天还打给全国几百个号码，内容都是一样。

吴小斌反映，潘星龙死的前三天，他看见村的河边有操普通话口音的陌生人搭帐篷居住，不是本村和周边村的人。

吴小斌的信息，专案组如获至宝。

专案组立即组织警力沿河边摸排，发现距离案发现场 6 公里的河边有一个垮塌的帐篷，已经无人居住。帐篷的支架利用甘蔗杆支撑，防雨布、被褥、锅等，均没有带走。

对帐篷周边勘察，发现帐篷边丢弃有一刀具外壳，但现场并未发现有刀具遗留。

多数警察认为该人野外生存手法比较专业，高度怀疑此人为犯罪嫌疑人。

卜剑表态说："既然大家都这么认为，不妨找到他，审了再说。"

专案组几乎倾巢出动，悬赏金达到十万，警犬由一条增加到了三条，对嫌疑人进行多方位追击。

2018 年 2 月 12 日凌晨，嫌疑人在距上岭村三百公里的天峨县龙滩水电站库区被抓获，并连夜带回上岭。

经审讯，嫌疑人姓名许朝阳，北京籍专业驴友。他在网上看到上岭村的相片以后，觉得景色很美，随即从北京乘机到南宁，再从南宁开始一路搭车找寻，于 2018 年 1 月 27 日到达上岭村，并于河边搭建帐篷，直至 1 月 30 日早上离开，前往他计划中的另两处景点：大化县岩滩水电站库区、天峨县龙滩水电站库区。

许朝阳离开上岭村的时间是 1 月 30 日早上 7 点，就是说他离开时潘星龙还没有被害。大成乡候车亭天网监控视频也显示，当日上午 9 点，许朝阳在那里候车乘车，当时潘星龙也还没有被害。

难道是潘星龙的被害时间推算有误?

作为一名专业驴友,而且还要前往下两处目的地,许朝阳离开时为什么没有把帐篷、被褥、锅头等必备用具带走,而是丢弃在了第一个目的地上岭?

还有,那天卜剑率队重返案发现场,在案发现场附近五百米的河边矮树丛发现的一副黑红色手套,许朝阳承认就是他的。他如此地靠近案发现场是何缘由?

许朝阳解释,手套是他踩点搭建帐篷的时候落下的。帐篷、被褥、锅头等用具之所以遗弃在原地,是因为 1 月 29 日夜里,他受到了巨型动物的攻击,落荒而逃,只来得及带走了随身的背包。

什么巨型动物他没有看清。或许是大象,但上岭村没有大象。那么或许是牛,或许是伪装成牛的人。

专案组在讨论许朝阳的供述时,多数人认为,如果潘星龙的死亡时间推算有误,许朝阳是犯罪嫌疑人的可能性最大。

卜剑却说不是。他的理由是许朝阳不符合罪犯作案时的精神特点。罪犯是在精神错乱或致幻的情况下犯罪的，而许朝阳头脑清醒，思维健全，是个正常人。

“他或许是个间歇性精神病人呢？”有人说。

卜剑说：“我的第六感觉告诉我，他不是。把人放了吧，还要给人家道歉。”

这回多数警察不再同意卜剑的观点。他们喋喋不休地对卜剑进行了反驳或围攻。

专案组组长罗勇说：“放了许朝阳，我做不了这个主。万一放错了呢？”

卜剑斩钉截铁地说：“现在不放许朝阳，你将来责任更大。许朝阳是退伍军人，还是北京人，不好惹，最主要的是不能惹错人。如果放错了人，我来承担责任。”

罗勇当众说：“这可是你说的哦！”

放了许朝阳，这已经是2018年2月14日夜晚，距离大年除夕已经不到一天。

专案组三十号人大多数已经是人心涣散，怨声四起。个个在与家人打电话的时候无不心情烦躁，甚至气急败坏，像一群被暴雪袭击的走投无路的马。

卜剑何尝不是归心似箭。他聪明的妻子拨通电话后，就让三岁的儿子与他讲话。儿子稚嫩、直接的话语，既像冰雪又像烈火,将他的心冷冻和融化。

卜剑与罗勇商量,愿意留下者报名留下,不报名者放假回家。

结果报名者众,竟有二十名之多。

卜剑感动得泪花闪烁。他连夜把全村的调查档案又进行核对,一直到天亮。

结果他发现,全村 216 户 1072 人,只有 1071 份档案。

怎么缺了一份?缺的这个人是谁?

一查,是个哑巴,叫蓝通顺。因为谁也想不起他,最主要是看不起他,所以遗漏了。

再查,嫌疑大了去了。

蓝通顺家中有三兄弟,其最大,母亲为越南人,无户口,父亲在其小时候因故意杀人被判刑,前两年释放出来后病逝。(直系亲属有伤害杀人前科)

该人没有上过哑语学校,文化水平极低,在村里地位低下,经常受到嘲笑和侮辱,例如村民在其身后对其打招呼,基本都是朝其丢石头来提醒他。(地位低下,受尽侮辱)

此人成年后找了一个越南女子做老婆,该女子有些智障，后生有一子，该子也有轻微智障。案发前一个月该女子病逝，但全村没有人送葬，只有哑巴和其儿子用被子和席子包裹尸体背上山掩埋。（生活遭受重大变故）

此人近期正在修整房子边的篱笆，篱笆全是使用河边的新鹅卵石堆砌，有路过现场的动机。

全村没有人能为其提供不在场证明。

其儿子反映，案发当天曾到案发地接该哑巴，该哑巴全身湿透，手上还提着一袋湿漉漉的衣服（因其儿子有轻微智障，所以时间区分模糊）。

专案组组织对其住房进行搜查时，在其住的卧室西南角发现一个瓷缸，瓷缸里装有米袋和瘦肉，在米袋下面压住一把单刃刀具，刀刃和刀把有斑驳污垢，目测是血迹和泥迹。而其家里所有刀具都是干干净净，唯有瓷缸里这把刀具污垢很多。

专案民警对哑巴及其儿子进行盘查时，发现哑巴很多微表情，显示其很紧张，例如：手抖、不停地吞咽口水、眼睛不敢直视等。

专案民警想起，在摸排过程中，发现有一名哑巴每次都会出现在排查现场观望，而且对民警的笔记很感兴趣。

这哑巴就是蓝通顺。

专案组正式拘捕蓝通顺。

但蓝通顺是哑巴不会说话也看不懂哑语，无法跟人交流，没办法进行审讯。

此时年关已至，上岭村家家户户张灯结彩，酒肉飘香。留在村里的警察们惶惶如丧家之犬。

卜剑妻子再次打来电话，电话里是儿子可怜的哭声和妻子的责骂。

妻子借责骂儿子挖苦丈夫：卜小鱼，你爸爸是人民的好警察，他在为人民鞠躬尽瘁死而后已，你不要打扰他，让他拼命工作，立功受奖当英雄，好不好？我们很坚强，不拖你爸爸的后腿……

挂掉电话，卜剑像哑巴缄默了很长一会儿。他嘴里叼着烟，却不点燃，别人帮把烟点上，却没有吸，很快就灭了。

然后，只见他把烟从嘴里拔出，往地上一扔，再踩上一脚，狠狠一踬，像踬死一只臭虫一样。

卜剑看着不远处龟缩着的哑巴蓝通顺，对罗勇说："就是他了。收队吧。"

专案组组长罗勇说："你确定？"

"现在收队,多数人还能赶上吃年夜饭。"

"刀具还没送法医实验室检验呢。"

"刀具上如果不是潘星龙的血,过完年我舔了它!"

"我还是做不了主。"

卜剑大发雷霆:"××××,我以我一摞名誉担保,并宣布,这个案子破了!"

四

一年后的2019年春节,初二,又长一岁的卜剑随母亲例行来探望外婆。外婆与舅舅居住在南宁。

像弥勒佛一样笑眯眯的舅舅看着情绪低落的外甥,说:"去年没有立功?"

卜剑说:"没有。"

"是因为去年上岭村那个案子吗?"

卜剑看着明察秋毫的舅舅,点头。他告诉舅舅,去年上岭村的案子其实没有破,现在也没有。原来最后锁定的犯罪嫌疑人——哑巴蓝通顺,过年后也排除了,因为刀具上的血不是被害人潘星龙的,甚至不是人血。他丢人丢到了他的母校——中国公安大学。他大学的老师也被他请来帮助断案，也破不了。

舅舅说："去年你跟我讲案子的时候，我就说案子破得有些草率。我说你思路还是局促了，按照我这行的说法，就是想象力没有彻底打开。我说过吧？但是当时我点到为止，一、因为你是专业警察，年轻自信，现在说自负也不为过；二、我当时没有认真去想，手头有别的活。"

肥头大耳的舅舅是个作家，具体地说是个侦探作家，写过《找枪》《红河村的谋杀》《山等天》等著名的小说，被拍成了电影或翻译到了国外。

卜剑依然自负地看着舅舅，只是出于礼貌谦虚地说："舅舅手头的活忙完了吗？帮我想想。"他看见舅舅正在抽的烟快烧到尽头，又递上一支。

舅舅摆摆手，然后站起，说："你跟我来。"

卜剑跟舅舅走进书房。舅舅站着把电脑打开，弯腰点出一份文件，然后指着文件说："这是我根据你去年提供的素材，创作的小说，你不妨看一看。"

舅舅说完到客厅去了。卜剑坐下来，看见舅舅的小说题目是《上岭阉牛》。他眼睛一亮，像灯泡通上了电一样。

《上岭阉牛》是这样写的——

火种是一头牛。

它的名字是主人起的。主人叫潘星龙。

火种从生下来就不受主人喜欢，就好像它是个野种或孽种一样。事实上就是这样——它后来在主人对他弟弟的谩骂和诅咒中逐渐懂得，主人的弟弟名字里有个火字，而它叫火种，那么显然不是个好品种和好的名字。就是说，它和主人的弟弟一样被诅咒了。

火种见过它的父亲，只是远远地见过两三次面。因为自火种生下来以后，它的父亲和母亲就被隔离了，就像主人的父母自分家以后就分居了一样。亲生的父母近在咫尺却不能在一起，不能同栏就罢了，就是出现在同一草场也不能。火种不知道为什么。有那么两三次，母亲在这边的草场，它无心吃草，总是抬头张望，不时哞个几声，于是便见一头公牛，勇猛地跨沟过坎飞奔而来，要与母亲团圆。火种猜想那便是它的父亲。父亲和母亲的每次欲求，都受惩罚，最严重的则是父亲。火种有一次看见主人扬起一块石头，狠狠地砸向父亲，然后还拔出刀来，扬言要把父亲阉了。火种惊恐地望着头破血流的父亲慌忙逃窜。那是它最后一次见父亲。

火种与母亲一起生活，它在半岁的时候便随母亲转移到了平龙屯附近的牛场。说是牛场，其实一开始就是个牛棚。主人潘星龙将火种子母转移到离家较远的地方，火种母子一开始以为主人的目的，就是让它们远离干扰和是非。实际上这只是目的之一。主人的根本目的或雄心壮志，就是要办一个牛场，拥有更多的牛。

不久，牛棚增添了一头牛。

这是头小公牛，和火种一般大，也基本是一样的黄颜色。主人一面抚摸新来的小公牛一面对火种说，别看它现在跟你一般大，但年纪小过你，最主要是，它品种高贵，是纯正的西门塔尔牛，不像你是个杂种和孬种。等着看吧，它体格很快就超过你。主人接着继续抚摸小公牛对火种的母亲说，达旺，这是我给你配的老公，别看它现在小，将来会强壮到迷死你。它将来和你生的崽女，也都个个又肥又大。不像你和我弟弟家那烂崽生的火种，再怎么喂将来也只是长得和那烂崽一样瘦小。

主人给新来的小公牛起了一个吉祥如意的名字：

瑞士。

主人进一步说明：晓得我为什么给它起名瑞士吗？瑞是吉祥的意思，士是绅士，高贵的意思。还有一个意思，主人转眼看着瑞士，你祖宗在瑞士，希望你不要忘本。

主人对瑞士特别宠爱，每天给它喂的是精粮，喝的是干净的水。

火种和母亲唯一与瑞士同等享受的，只是每天两个小时的音乐。而音乐其实也是主人专门为瑞士播放的，只不过火种与母亲被动接受罢了。

瑞士在精粮、纯净水和音乐的饲养滋润下，果然发育很快。

仅仅一年，瑞士已经长成强壮的大公牛了，体重约两千斤。关键是它还特别帅，个子与主人一样高，“国”字脸，眼睛像铜铃一样大，两只弯角青里透亮，特别是那一身黄毛，像绸子一样光亮。

在这一年里，火种也在成长，但是比起瑞士，则缓慢很多，也难看很多。它和瑞士站在一起，就像贫困小学生和富裕高中生的区别。而其实它们基本是同龄的。

但是有一种欲望，火种与瑞士是相同的，那是对异性的需求和迷恋，这是成年牛的标志和生理特点。在生理欲求上，可以断定火种与瑞士不相上下。

达旺是牛棚唯一的异性，火种和瑞士对这唯一的异性都产生了生理反应。它们越来越被达旺吸引，欲求越来越强烈，像旺盛的火一样。谁都渴望得到达旺的身体，独占花魁，为此它们争风吃醋，打架斗殴。火种显然不是瑞士的对手，但绝不善罢甘休。

主人及时发现了火种和瑞士的反常行为，他为此兴高采烈。然后他把火种赶到一边，用栏杆将牛棚隔成两半，将火种与瑞士、达旺分离，像天各一方。火种这半边特别小，像牢笼。

火种眼睁睁看着瑞士和达旺交配，它十分难受。多少次它激动地冲上去，想横刀夺爱，但坚固的栏杆阻挡了它的疯狂。即使它有一双尖锐并且利如锋刃的角，也无法砍断横亘在面前的残忍与冷酷。

看着火种欲火中烧发泄无门的样子，主人却笑呵呵的，他乐意看到火种受折磨，遭罪，仿佛火种就是他弟弟潘火龙的化身。

然后，他还假装同情来到火种身边，安慰火种说：小子，你要冷静，我也希望你快乐，但是你不配呀。你看你这块头，是低劣品种，怎么能和瑞士共享欢乐呢？再说了，你要记住，达旺是你母亲。你怎么能做出这种不伦行为呢？这是要遭天谴的！一定是你前世造的孽，所以才投胎为牛。你都做牛了，还不悔改。我警告你，你再有这种胡乱的行为，我就把你阉了！

主人的安慰（其实是警告）起了作用。火种收敛了许多，行为上不再疯狂。但五脏六腑仍然翻江倒海，难受啊。或许眼不见心不烦，它希望主人将隔栏蒙蔽，或将它转移到别的地方。但是主人偏不，它就是要让火种一览无余、近水看月和捞月。主人够阴险和歹毒。

达旺的肚子在与瑞士同居的日子渐渐地隆起。在它怀孕的时候，主人或许为了不让瑞士闲着，或许凑足了钱，又购进了一头本地的母牛。它看上去比达旺年轻、漂亮。主人给它起名叫达财，仿佛是希望它和达旺像两姐妹一样，和睦共处，多生贵子，为主人旺家发财。

火种看见瑞士见到达财，毫不犹豫爬了上去，把达财霸占了。达财跟火种是没有血缘关系的，但主人就是不把达财分配给它。是因为品种低劣的原因，还是主人想把它当作弟弟的化身用来泄愤，或者二者皆有。总之，火种继续打着光棍。它在目睹瑞士一夫多妻的生活中，感到极度的不公、自卑和抑郁。

达旺成功产下了与瑞士交配的牛犊，那是火种同母异父的妹妹。妹妹十分的健康、高挑和漂亮。母亲很爱护它，只要看见它身上粘有杂草，都要舔掉。火种也很喜欢这个妹妹，它拉撒的时候，已经不再在靠近栏杆的这边，而是到了最里边的角落，因为它不想让臭气熏了妹妹。

达财接下来也产下了与瑞士的儿子，这小公牛与火种是没有血缘关系的，但在主人的眼里，却是他的宝贝或摇钱树。

达旺和达财这姐妹俩也很能生，基本保证一年各生一头，像两台正常产出的机器。

随着牛的增多，主人另外建了牛棚，凡是跟生育暂时无关的牛，都住在新建的牛棚里。

原来的牛棚成了纯粹的配种场所。在很长的几年时间里，瑞士一尊独大对付着轮换来与之配种的母牛，有火种的母亲达旺，有母亲的姐妹达财，有本村来花钱配种的别人家的母牛，还有火种的妹妹和其他瑞士的亲生女。和自己的亲生女乱伦和生儿育女，这是火种不能忍受的。这是主人纵容的结果，或对瑞士和火种两个品种，采取两种标准，卑鄙至极。

最卑鄙的是，主人依然把火种留在原地的牛棚，隔着一道栏杆，被迫地目睹瑞士肆无忌惮的行乐和表演。主人这么做，就是为了百般折磨火种。

主人不仅逼迫火种看同类的交配，还故意让火种发现人类的性事——无数个白天和夜晚，主人带着不同的女人到牛场来，常常在牛们面前炫耀一圈后，钻进白房子里，过那种生活。白房子就在火种住的棚子正对面，距离还很近。主人经常不关门也不关窗，他操纵女人引发的浪叫，让火种生不如死。

火种真希望主人把它卖了，或者把它阉了。

主人有一次对火种说，我不卖你，就是留你让我看你慢慢变老、变疯。但是我肯定要阉了你。现在不阉，是因为你还不老，有欲望，想干。等你老了没欲望不想干了，我再阉了你。

火种真想问主人你这么做是何苦呢？你恨你的弟弟，跟我有什么关系？你们人的事情，为什么牵涉我？但是它说不出来。

终于,主人决定阉了火种。这应该是个提前或匆忙的决定,因为火种还不算老,还有欲望和幻想。主人提前对火种下手,可能与他的那些女人有关,就是说他在那些女人面前已经不行了。火种已经数月经年听不到女人的浪叫了,而只听到主人和女人吵架的声音,然后看到主人永远是沮丧和颓废的表情。火种为此感到很高兴,常常探头晃脑高声长哞,像是在嘲讽主人。这深深地刺激了不再有刺激的主人。

丁酉年夏天,火种铭心刻骨的一个日子。主人进牛棚来,对火种说,今天天气不错,我带你出去走走。主人把火种牵出牛棚。在牛场的一块平地上,站着五六个男人。主人把火种带到这些男人面前,然后使了使眼色。男人们突然一拥而上,将火种扳倒,然后用麻绳捆了四脚,再用木杠加持。

阉割工具也叫去势器,无情地钳住火种的生殖器官,三下五除二地去掉了睾丸。鲜血喷溅,剧烈的疼痛使它失去了知觉,昏迷过去。

火种醒来的时候,看到只有主人一个人,在旁边静静地抽着烟。看到火种醒来，主人对它说，好了，我现在对你彻底放心了，你可以在牛场里自由地活动，尽快地把自己养肥，争取八千块让我把你卖掉。卖不了八千块，我就把你杀了。

火种自从被阉，痛感消失之后，情绪居然大大改善。它不再有欲念，不关注公牛母牛以及主人与女人的那些破事。它在牛场心如止水地生活，像皇宫里的太监一样，纵使有再多的嫔妃向它抛媚眼献殷勤，它也无动于衷或爱莫能助。它只想把自己养肥，早日把自己卖出去，脱离主人的控制。

但火种怎么吃都肥不了，或达不到主人的要求。有两拨收牛的贩子过来看它，出价都不超过五千元。

火种从主人阴鸷的眼神中，预感自己的死期不远了。

丁酉年冬季的那天，火种看见主人将它的母亲达旺牵出牛棚，交给在牛场磨刀霍霍的几个人。在火种被阉割的那块平地上，它看到自己已经绝育并且骨瘦如柴的母亲，被人们宰杀。人们将母亲杀死后，剥皮，然后开膛破肚，切成数段，然后烹食一部分。火种看到主人以及那些屠夫，大快朵颐母亲的肉和内脏，喝酒行令，快活得东倒西歪。

它感到从没有过的巨大恐惧和血液债张，东奔西突，最后撞塌牛场的围墙，逃了出去。

火种躲在灌木、甘蔗地和河水边，成功地摆脱了主人和多人一波又一波的搜捕与追杀。寒风凛冽，冰水刺骨，这些火种都能忍受。它不能忍受的是主人对它母亲的忘恩负义和对它的赶尽杀绝。母亲为主人繁衍了那么多牛，到头来却变成了主人的盘中餐。而它被主人歧视、折磨了近一辈子，老之将至的时候，被阉了不算，还要面临被宰杀的命运。火种想反抗，要抗争，它不再视主人为主人，而是敌人、仇人。

2018 年 1 月 30 日，农历丁酉年癸丑月十四，潜伏多日的火种逮住了机会。这天上午，它看到仇人潘星龙独自一人出现在河边附近的坡地上，吹着口哨，朝它隐匿的灌木丛走来。浓雾弥漫，潘星龙应该不是发现了火种。果然不是。潘星龙是来灌木丛这里撒尿的。他在火种跟前掏出丑陋和软弱的家伙，撒出缓慢而腥臭的尿液，有数滴溅到了火种的鼻子和眼睛里。火种打了个喷嚏，然后当机立断发起了攻击。它从灌木里跃出来，将潘星龙顶翻，然后紧接着对他踩踏，在他失去站立的能力后，用尖锐角对他进行捅刺。它不断地挑拨潘星龙,像猫玩弄和折磨走投无路的老鼠一样。

在从容不迫致死潘星龙后,火种平静地离开。它来到河边,发现对岸有人,于是侧躺躲在了一处矮树丛的后面。等到对岸没有人后,它站起来,步入河中,游往对岸。

火种在对岸的村庄野地荒坡藏匿了数天。它很不适应在陌生的地域生活,像在异乡生存想家的人们一样。它勇敢地走出来,让人们发现它,像是犯了罪的人投案自首。

对岸村庄发现火种的人里面,有一个是潘星龙的亲戚,他认得火种这头老牛。火种被带回上岭的家。

这个家是火种出生和最初生活的地方,是潘氏兄弟家庭矛盾发生的源头和火种被歧视开始的地方。原来的牛栏已经破败不堪。火种已经看不见它的父亲了。它失而复得的归来并没有引起潘氏兄弟两家人足够的重视,因为两家人还陷于被调查的惶恐中,或失去亲人的悲痛中。

火种一回家就变得焦躁,它讨厌和害怕所看到的一切:腐烂的牛窝,潘火龙夫妇幸灾乐祸的脸,潘星龙妻儿哀伤的神情。看到这些个样子,它无法忍受,忐忑不安,极力挣脱束缚,试图逃跑。

潘星龙的儿子说，这牛怕是疯了。

这是卖掉火种的信号或火种的死刑判决。

果然，火种以四千元的价格卖给了村里的屠户黄桂生。

黄桂生当天就把火种杀了。

火种的肉被黄桂生放在一辆三轮车上，沿村叫卖。在经过上岭村小学的时候，被驻扎在这儿的专案组后勤人员买走了十五斤。这十五斤肉被用来打火锅。近三十名警察围着炉子，一边吃肉一边讨论着潘星龙被杀的案子，争论得喋喋不休和焦头烂额。

火种在人类的饕餮和惩罚中，完成了它的救赎。

卜剑用半小时看完舅舅的小说，却在电脑前，定定地发呆了一个小时。

然后他走到客厅，对肥头大耳的舅舅说：

“舅舅，你让我警察这饭碗，端不下去了。”

枪　杀

7月8日这天，齐县公安局给每一个单位的专职保卫干部发枪。黄干得到枪是在这天的下午。黄干得到枪比较晚的原因是他的单位离县城比较远——黄干所在单位是离县城有五公里的县糖厂。五公里本来不算远，但黄干接到通知已经是快下班的上午十一点二十分，而且通知黄干领枪的电话还不是黄干亲自接的。黄干想十一点二十分开始赶往县公安局已经来不及了，于是五公里道路就显得十分遥远。黄干想下午再去。黄干想下午去也是一样能领到枪的。

于是就在下午两点三十分,黄干踏上了去公安局的道路。

黄干骑着一辆破烂的自行车,这自行车是在七年前进厂的时候买的,风里来雨里去,已经很陈旧了。但是还能骑。只要还能骑,黄干是不会丢下这自行车的。不久前,这车还修了一次,换了一条链子、一个座包,飞轮、轴珠等转动部件都涂上了油。所以,骑上的时候,只要不看表面,感觉是和骑新车一样。

黄干绝对是怀着骑新车的感觉上路的。他脚蹬自行车,两眼望着前方。略显西斜的阳光红红地照在他的后脑勺上,紧跟着滚动的车轮。车轮下面还有一个黝黑的影子,跟着车轮在跑。黄干现在感觉阳光就像驱动火车的燃气一样,也驱动着他前进。

黄干和公安局的距离越来越近,和枪的领受时间也为时不远。

黄干不知道为什么发枪,在这个时候发枪。

黄干曾经想过有一支枪,做个全副武装的保卫人员。那是他刚当上厂保卫干部不久,他看守着能容纳几千吨白糖的仓库,很需要有一支枪带着。因为那时候白糖特别好销，无数双眼睛和无数人的心思都觊觎着白糖和仓库。黄干的职责是防止白糖从仓库里无缘无故地离开，或走出去——要做到这一点光靠一支警棍是很困难的，黄干想要是有一支枪也许就不困难了。黄干想到去公安局买枪，那时候文件规定企事业单位的保卫人员也是可以配枪的。但黄干想枪想了很久，最终也没把枪买到手。原因是规劝的人太多，带了枪更危险——几乎所有人都这么认为。枪是个累赘，人们说，你想，譬如有一个偷白糖的家伙被你发现了，你想抓住他可是他拒绝或者跑了，你敢开枪打死他吗？你不敢的，打死他当然你不会被判很重的刑或者不会被判刑，但是你能保证你没有麻烦吗？他要是反过来与你拼命，抢走了你的枪，那麻烦可大了。他抢走你的枪首先杀死你，然后去杀别人，再杀人，后果将多么严重！可要是你没有枪，就不会存在这些后顾之忧，你还能腾出手来和他拼搏。再说，你还有支警棍呀。他要是跑掉了，你就去报告公安局，让公安局抓他，这不是挺好吗？黄干听到人们这么劝说，就犹豫了。他到各单位去向保卫干部打听，也没有发现买枪或打算买枪的。于是，黄干也就不买枪了。他艰难地保卫着白糖仓库的安全，用警棍和手抵挡盗贼对他拳脚、利刃的踢打、威胁和糖衣炮弹的进攻。黄干忠于职守，三年多来仓库没有损失一斤糖。

再有一个月，黄干当厂保卫干部就整整四年了。

黄干是8月8日当上的厂保卫干部。

现在是7月8日。

现在黄干到了县城。他很快就要领到一支枪。

在进入公安局之前，黄干还想，是不是每个保卫干部都能发给一支枪？

事实证明和黄干想的一样。而且，各单位的保卫干部都已把枪领走了。黄干是最后一个。

管发枪的公安局治保科长见了黄干，不满地说："你们厂的电话出什么毛病了？"

黄干说："不是电话出了毛病，是我们厂的糖销不出去。所以不断往外挂电话，找销路，机子不断被使用着，外面自然是打不进去的。"

科长说："从前你们多舒坦，老是别人往里找你们，现在倒好，变了，变主动为被动。"

黄干说："是变了。不过变了，白糖仓库倒安全多了。"

科长说："那是因为白糖现在不是紧俏产品了。"

黄干说："那干吗还发枪？"

科长说："你以为发枪是给你们保卫白糖吗？"

黄干说："不是吗？"

科长于是告诉了黄干一宗特大杀人案的发生。科长说这宗杀人案大约发生在半个月前，就在邻县，凶手一共三人，杀了六个人，他们杀完人就跑了，向齐县方向逃窜。上级公安机关通令全体公安干警提高警惕，全面防范，严密监视、封锁，一定要抓住罪犯。科长说，为了绝对保障全县人民生命的安全，决定给每个企事业单位的保卫干部发枪，因为罪犯手里都有枪。这样各单位的保卫干部都纷纷在上午把枪领走了，黄干因为得到通知比较晚，所以是最后领枪的一个。

现在科长把枪发给黄干，这是一支"五四"式手枪，还有十发子弹。十发子弹都已全部装进枪膛里。科长说，还记得怎么使用吗？黄干说记得。黄干在保安人员集训班的时候，学习过射击。

于是科长说："遇到罪犯伤人或拒捕，可以开枪防卫乃至击毙罪犯。"

黄干把枪拿在手里，感到沉甸甸的责任。

后来黄干把枪放进枪套里，一条褐色的皮带穿过枪套的耳眼，把枪别在裤腰上。黄干上身的衬衫遮掩不住硬挺的手枪，露出二指宽的一截，让人一看就觉得像个便衣警察。

黄干现在也觉得自己像是个便衣警察，因为有了枪，这感觉就显得十分真实，说什么都足以使人相信。现在黄干行进在县城的街道上，这也是他来时经过的道路。黄干领到枪后就想立即赶回工厂，他想应该尽早把情况告诉厂领导，让领导告诫全体职工提高警惕，防患于未然。可是到了十字路口，黄干却走上了与糖厂反方向的道路。

后来人们都说，黄干要是不走上与糖厂相反方向的道路，那么，什么事都不会发生了。

黄干就是因为走了一条反方向的道路，才会遇上林才、李贵、杜勇勇他们。

黄干朝着相反的方向去，是为了见一个人。

这个人叫李芹。

黄干见李芹的目的是想把邻县凶杀案的情报告诉李芹，因为李芹是银行职员，同时是黄干的心上人。黄干想李芹一定还不知道邻县发生的血案。有三个罪犯在抢劫、强奸、杀人,请务必提高警惕。黄干想告诉李芹的就是这些。此外,黄干很久没有见到李芹了。他很想见李芹。

李芹下午一般都在家里,因为她晚上要值夜班。这样黄干就直接到李芹家里去。

给黄干开门的是李芹的母亲,李芹的母亲见到黄干就像见到一只黄獠。黄干说:“李芹在吗?”李芹的母亲说:“不在!”黄干说:“我想见李芹。”李芹的母亲说:“告诉过你她不在!”黄干说:“能不能让我进去?”李芹的母亲说:“不能!”黄干喊:“李芹李芹!”李芹的母亲斥道:“嚷什么?”黄干说:“我有要事要告诉李芹,请让她出来。”李芹的母亲说:“她不在怎么让她出来?”黄干说:“她上哪去了?”李芹的母亲说:“不知道!”李芹的母亲咚地关上了家门。

黄干想李芹一定在的,可是她为什么不出来?

黄干想李芹一定不想见他。

黄干想他和李芹的关系算是了了。

黄干和李芹恋爱了一年,今天算是结束了。

黄干悻悻地从李芹家门往后退。他现在除了后退没有别的去路。这样他从来路上退回去,也就是说,退往十字路口。

就在退往十字路口途中，黄干遇上了林才、李贵、杜勇勇三人。

后来人们说，林才、李贵、杜勇勇要是不看见黄干，即使看见了但是不纠缠黄干，不把黄干揪到路边羞辱，放了黄干，也许什么事都不会发生了。

但是他们偏偏不想放走黄干。

黄干远远看见三辆摩托车飞奔而来，就知道准是林才、李贵、杜勇勇他们。在齐县，能开着摩托车横冲直撞的，只有他们三个。黄干想避开他们。黄干原本是准备避开他们的。但是在他准备避开的时候，摩托车冲了过来。摩托车冲过来的时候，黄干如果能及时低一下头，也许就没事了。但黄干偏偏不想低头，或者来不及低头，所以把脸露给了林才、李贵和杜勇勇，被他们认了出来。

林才说："这不是看白糖的臭小子吗？"

三辆摩托车开始围攻黄干，形成一个包围圈。黄干像只黄獍，被三条猎犬围着。

黄干和自行车无论如何也逃不出包围圈，而且包围圈越来越小。黄干最后被迫弃了自行车，自行车很快被猖狂的摩托车碾成一堆烂铁。

黄干说:“你们想干什么?”

三辆摩托车继续咆哮,黄干被逼到路边。黄干无路可走了,三辆摩托车紧紧把他夹住。

然后,林才、李贵、杜勇勇折磨黄干,先后使用语言、唾沫、手指羞辱他。

黄干觉得现在他遭到了报复。他曾经被林才、李贵、杜勇勇要求在某个月黑风高的夜晚不要守在白糖仓库旁,或者离开两个小时。那是在白糖像钞票一样紧张烫手的时候。黄干没有答应。他说他一分钟也不能离开。林才、李贵、杜勇勇他们便用金钱利诱他,黄干也丝毫不为之所动。后来他们以武力相逼,威胁如不按他们说的去做,就杀了他!黄干说:“发现情况,我立即摁警报器!”黄干软硬不吃,他决心以生命守卫白糖。

后来,林才他们对白糖仓库虎视眈眈,贪婪之心却始终不能得逞,因为有一个黄干。

现在,黄干为了自己旗杆般的正直和坚定遭受打击、污辱。他们谩骂他,奚落他,羞辱他。

黄干忍受着。

林才他们揪着打他。

黄干也忍受着。

后来人们说，林才、李贵、杜勇勇千该万该，唯一不该抢黄干的枪。

林才、李贵、杜勇勇开始并没意识到黄干有枪，非政法机关的保安人员，一般是不配有枪的，这一点杜勇勇懂。至少杜勇勇懂得，这之前的一天，黄干们之类是不配有枪的，他对齐县谁配有枪支了如指掌。所以当李贵说黄干有枪的时候，杜勇勇还以为是假的。

李贵用膝盖抵着黄干的腰部，碰着个硬邦邦的物件，掀开黄干的衬衫，看是支手枪。李贵说："他有枪！"

杜勇勇听了就笑，说："你是说他腿根的那杆水枪吧？"李贵说："不是。"

于是杜勇勇的目光稍微抬举，看见了黄干腰间的手枪。杜勇勇说："他还真有支家伙。什么时候发的？"然后伸手朝黄干要。

黄干不给。

"给不给？"

"不给。"

"不给我抢了！"杜勇勇说完动手，林才、李贵胁从，像三条豺狼抢劫黄干。黄干捂着手枪,“别过来! 别动!”杜勇勇、林才根本不把黄干的话收入耳中,继续抢劫着。

黄干东闪西躲。

最后,黄干拔出手枪。

最后人们分析,黄干拔出枪来,一定不是为了杀人的。他拔出枪来,是为了不被人把枪抢走,更紧地掌握在手里。在林才、李贵、杜勇勇他们看来,大概也是如此。所以他们根本不用惧怕,因为他们自信,在齐县,一定还没有敢对他们动刀动枪的人,至少目前是如此。齐县的人民大概也这么认为。

杜勇勇看见黄干拔出手枪,便狞笑着,说:“开枪呀,有种的朝这儿打!”杜勇勇敞开胸膛。

李贵、林才也挺起胸膛,分别说:

“开枪呀,不开枪是杂种!”

“狗杂种,吃你妈的臭狗屎去!”

黄干岿然屹立着,浑身除了心脏跳动之外,什么都不动。

后来,不知道为什么,手突然就动了。右食指不听使唤似的,或者是故意,动了一下,又动一下。第二下扣动了食指上的枪机,“砰”引发一声枪响。

然后,便看见杜勇勇动。杜勇勇动了动,便倒在地上,不动了。

林才、李贵看见杜勇勇不动,颜色大变。他们看着黄干冒火的眼睛和冒烟的枪口,想动又不敢动。

最后,是黄干使他俩发生变动。黄干迅速用数发子弹,使林才、李贵静静地躺在了地上。

血如图。

正在城的另一条街带头巡逻的公安局杜副局长听到枪声,领队赶来。他看到的三个死人并不是他想抓获或击毙的罪犯。

只见他的儿子,默默地死在了他管辖的土地上,陪伴着他儿子的,是县委林书记的儿子和县政府李副县长的儿子。

凶手黄干没有跑,他在杜副局长领人到来之后,以及几位干警即将逮捕他之时,非常及时地举起了手枪,对准自己的太阳穴,扣动扳机……

枪里果然还有一发子弹。

据后来抓获的被通缉的三名罪犯供认,他们是因为听到枪声，才没有进入齐县县城的。当时他们正准备潜入齐县县城，听到一声闷闷的枪声，以为是围歼他们的信号，于是匆忙改道往别县逃跑，最后在别的县被抓获。

齐县的人一定懂得，那一声撵跑罪犯的闷响，是黄干自杀的枪声。

刀　杀

11 月 3 日下午，鲁达潜进水荫街 9 号，他没想到这次行窃令他大喜过望。鲁达原以为能得个千把块，即使是个大户，至多能得个千余两千，就算不错了。鲁达行窃以来，准确地说，是三年（其中有一年零九个月是在监狱里度过的），至今仍没有碰到把超过两千元现金留在家里的。鲁达得到的最高一次纪录是一千一百元，那是一个烧鸭店老板买鸭子的流动资金。后来，鲁达就是因为烧鸭店老板的这一千一百元坐了一年零九个月监狱。鲁达没想到出狱后的第一次行窃，收获如此厚重，喜不自禁。

鲁达潜入水荫街9号后，收起了一把六寸长的钢刀。钢刀刚才是用来撬窗户的，窗户撬开后，鲁达把刀收起来，他没想到一个小时后他得把刀拔出来。

现在鲁达立在水荫街9号宽敞的客厅里，他面对四扇虚掩的门。每一扇门都像幕布诱惑着鲁达。鲁达都想把它们打开。后来鲁达拉开的第一扇门是一间卧室。卧室的床像一艘船最先显现在鲁达眼里。接着鲁达的眼睛才渐渐瞟进一些东西，比如镜子、窗帘、柜子、他脚下踩着的地毯。鲁达的目光最后落在柜子上——那些可能装有钱的抽屉和衣橱。鲁达首先拉开床头柜的抽屉，得了大约四百元。他把钱迅速塞进衣袋里，然后继续翻搜其他抽屉。鲁达几乎翻遍了吸附在柜子上的抽屉，却不再发现有钱。他接着翻检衣橱，也一无所获。鲁达的视线转移到别的物件上，二十五平方米的房间缓缓洒满鲁达的目光。鲁达的目光有三次经过根座上的一个瓷瓶——硕大、古典的唐三彩，都没有做有意识的停留。

如果不是一根漂亮的、长得极高的羽毛吸引了鲁达，鲁达永远也发现不了瓶子里深藏的巨大财富了。

那根羽毛寂寞地然而鲜艳地活跃在瓶子上，像一株孤独而美丽的高粱。鲁达注意那根羽毛，就是因为觉得它像一株高粱。鲁达在劳改农场的时候，种植的农作物，就是高粱。贫瘠、干燥的高粱地里，鲁达播种，然后收获，在春秋的季节里。鲁达在生产高粱的农场，度过了几近两度春秋。

现在，是谁把高粱移植到瓶子里过着没有土壤的生活？瓶子里或许有土？那根象征高粱的羽毛为什么能高高在上？一定是瓶子里灌满土壤的缘故，鲁达想。鲁达还想土壤一定是肥如膏腴人脂的泥土，养育着高粱似的羽毛。

鲁达走向羽毛，羽毛在鲁达走近时变得更高，瓶口高至鲁达的额眉，鲁达需要将手高抬才能将羽毛扯上。羽毛露出它埋在瓶子里的部分——不足尺的一截。鲁达想泥土果然很多。为了证实泥土的深厚，鲁达再将羽毛往下插，羽毛像触石的扦子碰着硬且韧的物块，比原来入得更浅。

鲁达把瓶子抱下来，把手探进瓶子里去，像探进鱼篓里抓鱼。鲁达的手在瓶子里捏着，脸色突然变红。他没想到他幻想瓶子中的泥土，原来竟是钱！

多彩的钱随手抽出瓶口，先是一沓，又一沓……鲁达从来没有如此动情地抓获某种东西，即使是恋爱的时候抓女友的手。虽然这已是三年前的往事。

现在鲁达把瓶子里的钱掏空，地毯上出现一堆钞票。鲁达跪下，轻快地数着钱，一共是厚实的十七沓，一律五十元和一百元大额人民币。鲁达在心里计算着，胸口爆满数字：十三万！

这数字差点迸出胸口。但这数字最终没有像眼泪一样流出来。鲁达控制住自己，保持沉默。

鲁达改变跪着的姿态，是在获得钱财十分钟之后。

现在是三点三十分。鲁达将十三万元人民币打点包装之后随身起立，悬挂在一只手上。那是鲁达的左手。鲁达的一只手提着包袱，一只手空着。

后来鲁达就是用空着的一只手，打开了居室的另一扇门。

这是间书房。鲁达进入书房时的确没有盗窃的欲望，他不想窃取知识。对他来说金钱就是知识。他进入书房的目的是想看看水荫街9号的主人平时学习读书的场所是什么样一种格调。鲁达对读书和有钱这两种人充满敬仰和仇视，因为在两种人中他不属于任何一种。现在水荫街9号的主人两者都是，其同时还是人民政府的官员——齐县土地局局长。鲁达没有见过这位局长，他只是听到人们议论他，还有这所房子。这所房子以及这条水荫街在鲁达入狱时还没有。等到鲁达刑满出狱，两年不到的时间出现在鲁达眼里的是一条漂亮的新街，鲁达对忽然涌现的这条新街以及很多像样的住宅（其中有的住宅光华夺目）感到惊讶、陌生和痛苦。鲁达没有这样的住宅。鲁达听到人们议论最多，他自己也最羡慕的是水荫街9号。水荫街9号超群出众。现在鲁达就在水荫街9号，他终于进入这所房子了。他在书房里散步，看到很多书，陈列在书架上。鲁达看到伟人的著作像灯塔一样排放在书架最上端的方格里，高照着这间书房。但鲁达抚摸着这些书，感觉到一层灰尘像冰霜一样覆盖着严实的书面。鲁达想这些书面原来一定是朱红的，但现在已经显不出原色了。

后来，鲁达把眼光收回来，转移到书桌上。鲁达望着书桌上一只禽兽形的笔筒，感到很恐惧。那是一只食人的禽兽，具体地说是一只老虎。老虎的嘴张开着，朝天咆哮，笔就从虎嘴插进去。现在虎嘴上只有一支笔，像一根香肠，被老虎吞食着。

三年前，鲁达曾带女友去过一次省动物园，他看到的那只老虎，被女友誉为“男人的榜样”。女友说，男人就应该像老虎一样威武！

这么说，鲁达根本不是个男人。因为，在老虎面前，他无法威武。

现在，鲁达又看见一只老虎出现在他面前，威风凛凛，使他感到屈辱。这个世界只要有老虎存在，鲁达就根本无法做男人！

鲁达走上前去，抓起那只老虎，拼力将老虎举过头顶，狠狠地朝墙上砸——墙爆起猛烈的声音！

虎碎了。虎是瓷虎。

地上出现一摊碎片，鲁达看着老虎转瞬之间化为瓦砾，一些瓦砾像肉酱一般，散在眼里。

这个时候，鲁达看到几条细腻的肠子，明亮地掺杂在肉酱之中。它们交结着，十分明显。

肠子金光闪闪，温暖着地毯。

那是数条价值高昂的金项链！

一共九条。

与金项链一同从碎片中捡起的,还有十一枚金黄的戒指!

十一枚戒指套在十个手指上,有一个手指套着两枚。

项链全挂往脖子上。

鲁达肢体中两个显要的部位,戴满了黄金。

鲁达曾有一段时期对黄金如痴如狂,求索之心达到极点。他渴望着有一条金项链——有脖子上黄金总量的九分之一就够了,献给他深深爱慕着而迟迟不能与之订婚的女友。于是,他做了贼。他像老鼠似的深入一家一户,盗得的尽是小钱。后来他发现盗贼决不能像作家专往艰苦的贫民家里钻。于是他转变了方向和对象。他进入一个有钱人家也就是烧鸭店老板的门户,窃取了一千一百元。那是他记忆中最丰收也是最沉重的一次盗窃。为此他坐了一年零九个月监狱并永远失去了自己的女友,因为他很快被发现和抓获。

现在鲁达一下子从水荫街9号得到了九条金项链和十一枚金戒指,以及十三万元人民币,却没有了可以相送的女人和甘心献身的事业。

他把黄金戴在自己的脖子上和手上。钱也提在自己手里。

这些钱财过去属于水荫街9号，现在属于鲁达。

鲁达对在水荫街9号得到的这么多钱财深信不疑，因为它们非常具体地明摆着，像一个铁的事实。

后来鲁达把钱财都集中在一个包裹里，他头部前方墙上三张奖状的光华默默地照射着他。

鲁达看见了这些奖状，在他准备离开的时候。

三张奖状都是奖给“优秀的××××”张西铭的。

鲁达终于确切知道水荫街9号主人的名字——张西铭。

现在是三点五十分，距离常规的下班时间至少还有一个半小时。

但今天的常规时间有人打破了。

这个人是不是水荫街9号的主人张西铭？

鲁达没想到在四时这个时间有人回到水荫街9号来，这个人是不是张西铭？鲁达想。鲁达听到钥匙在正门锁孔扭动的声音，他想，一定是张西铭回来了！

当时鲁达正准备撤离水荫街9号，他已经从书房走出来，正逐步从整幢房子退出。当时听到钥匙在正门锁孔转动的声音,鲁达如果能迅速地逃跑,从后门逃出去,后来的流血就可以避免。但是鲁达偏偏不,或者说,在逃往后门的中途,鲁达忽然改变了主意,以及方向。

他想认识张西铭,或者企图杀死对方?!

一个男人款步进门,鲁达看见男人威如老虎,很像局长。

鲁达认定此人必是张西铭无疑。

他怒对张西铭。在张西铭发现他的时候,鲁达拔出了钢刀。

鲁达并不是拔刀就刺,他先是用刀把张西铭逼到墙角,刀光像寒夜里冤屈的鬼魂,在张西铭眼皮下粼粼闪烁。

张西铭瑟瑟发抖。

鲁达认为,现在的张西铭已经失去了虎威,不像一只老虎。现在的老虎是鲁达,鲁达觉得自己具备了老虎的威武品格,像一个男人,是一把刀使他迅速成长。

后来,鲁达是直接把刀捅进张西铭腹部的。

张西铭"噢"地叫了一声,没有倒下。

现在是深秋,刀子在进入张西铭腹部时,遇到了三重障碍,那天张西铭穿了三件御寒的衣服。

所以刀子没有流畅地深入张西铭的肚腹，也有鲁达力量软弱的缘故。

毕竟鲁达杀人是第一次。

“朋友，为什么杀人？”张西铭说。

“谁是你朋友？”

张西铭说：“你是。我们无冤无仇，为什么杀我？”

鲁达说：“人人都想杀你，我只是其中一个。”

“你是谁？我怎么没见过你？”

鲁达说：“我也没有见过你，但我却知道你是谁！”

“你知道我是谁？”

鲁达说：“你说知不知道？”然后，操刀再刺。这一刀捅得十分凶猛、深刻，张西铭“啊”惨重地叫了一声，像一堵墙坍塌下来。鲁达说：“今天是你的死期，张西铭！你死定了！”

张西铭在痛苦中抬起头说：“我不是……张西铭。”

“你不是张西铭？”

“我不是……张西铭。”张西铭说。

鲁达在这时候疲软下来，手以及手上的刀。

难道我杀错人了？鲁达想。

鲁达为这个问题颇费精神，想了很久，迟迟不能解决。

这样，给张西铭赢得了时机。

自称不是张西铭的人跌跌爬爬着朝门外逃去，鲁达没有追赶。

因为他要杀的是张西铭。

这个人既然不是张西铭，为什么又掌握着水荫街9号的钥匙？不，他八成是张西铭！鲁达想到这层问题的时候，张西铭已经爬离水荫街9号十一米！他活动在街道的一旁，嘴里竭力呼喊着：“救命呀，有杀人……强盗！”

鲁达知道强盗指的是他。

鲁达是绝对抱着除死张西铭的决心冲出水荫街9号的，为此，他摔掉了裹着钱财的包袱。十一米带血的道路，他用了四秒。只需再捅一刀，张西铭就死定了。

后来人们说，当时鲁达就像一只猛虎，冲出水荫街9号，飞也似的扑向张西铭。他像逮羊似的把张西铭抓起来，准备捅出最后一刀。

袖手旁观的人们默立期待，等着看张西铭死。

但是垂死的张西铭在这时候又说出一句话：“别杀我，我不是……张西铭。”

于是，鲁达又犹豫了。

鲁达揪着张西铭问围观的群众：“他是不是张西铭？”

当时要是群众中有一个人说是，鲁达的刀就捅下去了。

但是没有一个说，他就是张西铭。

鲁达又说："他是不是张西铭？"

还是没有人说他是张西铭。

鲁达拉扯着张西铭挨个地问："他是不是张西铭？"

被问到的人们都说："他不是张西铭。"

于是，鲁达确信自己是杀错人了。至此，他的手骤然松弛，刀跌落地上。

后来齐县公安局表扬了围观的群众，正是因为他们的否定和沉默，保存了一个局长的生命。

齐县的人民说，鲁达错就错在提问上。干吗要问呢？还用问吗？

他们没想到鲁达是不认识张西铭的呀。

后来，鲁达被执法的警察，开了三枪。

人们说，鲁达被打了三枪后，还不死，执法的警察给了他一刺刀后，死了。

鲁达至死都和刀有缘。

后面的一段，只是传说。

保镖沉落

一

朱万年被选派去保卫一名大亨，他的同事都羡慕他，说这就像猫去渔翁家里过夜，绝对是个肥差。他的未婚妻也很高兴，说这说明公司领导对你很信任。但是她又很担忧，说现在坏人太多，并且都穷凶极恶，你一个人千万要小心呀。朱万年说你放心，我死不了。李秀梅说你不要以为武功高强，就自以为是。

朱万年遵照规定的时间去见那名大亨，准确地说是去报到，出任他的保镖。他现在住在会仙饭店八号楼。会仙饭店是河川市最大的饭店，它的前身是市委第二招待所，原来只接待上面来的官员，因为招待所面积太大，房子也多，而官员来得稀少，这样的限制使得招待所虚张寥落，像一个歉收的农场。后来逐渐放开，各县来的县委书记、县长也能住。而改为会仙饭店后是全方位放开，什么人都能住，只要有钱。

会仙饭店宽大精深，树木蓊郁，房子全掩映在树木之中，像朱万年曾经服役的那座军营，所不同的是这里的房子显然要比部队的营房漂亮得多。每座房子的墙壁上都嵌着写着号数的圆牌，像舞台上参赛模特身上佩戴的标记，这使朱万年顺当地来到了八号楼。

市政府接待办副主任欧阳彩柳虽然不认识朱万年，却能判断出是从保安公司选派来的保镖到了，这肯定是看他高大魁梧而又身着制服的缘故。她在楼前迎住前来的保安，说是保安公司派来的吗？朱万年说是，我是。欧阳彩柳说贵姓？朱万年说朱万年。欧阳彩柳说我叫欧阳彩柳，叫我欧阳就可以了。朱万年说听说过，领导还告诉我说你在这里等我。欧阳彩柳说领导没有告诉你穿便衣来吗？

朱万年说没有呀。欧阳彩柳说你见过哪个大人物的贴身保镖是穿着制服的？朱万年想想也是，说那怎么办？欧阳彩柳说回去拿，要不去商店买一套。买一套吧，她紧接着说，买一套好一些。朱万年面露难色或羞涩。欧阳彩柳会意一笑，说不用你花钱。跟我走吧，我带你去。

欧阳彩柳带着朱万年去了饭店附近的一家商店，挑了一套西服给朱万年换上。欧阳彩柳上下前后将朱万年身上的衣服打量了几眼，说就要这套。她掏钱请售货员收款。朱万年说太贵了吧？欧阳彩柳说贵？还有三千块钱一套的，这套才一千元不到，九百八。再说贵不贵跟你没关系。她边说边将钱付出去，并交代写张发票。售货员说写什么单位？欧阳彩柳说市政府接待办。

朱万年西装革履走出商场，像一个准备去相亲的平民子弟，显得温文尔雅而又憨态可掬。他把换下的制服放在西服的包装袋里。随他走出来的欧阳彩柳则艳丽雍容、落落大方，像一名热心的红娘。她先为朱万年包办更换服装，然后才引领他去见要见的人。你知道你将要见的人是谁了吗？欧阳彩柳在回八号楼的路上说。朱万年说好像是个亿万富翁吧？欧阳彩柳说差不多。朱万年说什么叫差不多？欧阳彩柳说他是亿万富翁的儿子，只要他爹一死，他就是亿万富翁，这就叫差不多。朱万年说噢。

会仙饭店八号楼精巧别致，像一个宝盒。朱万年紧张而激动地来到面前，临进门的当口，欧阳彩柳说你别紧张呀。朱万年说我不紧张。欧阳彩柳说富翁也是人，他看上去就和普通人一样，很随便的。朱万年说是吗。

亿万富翁之子李家宝看见河川市政府为他安排或挑选的保镖温厚英武，像是一份厚礼——事实上他也是把朱万年当成是礼物接受的。他把朱万年拉到自己身边，用手揽着朱万年，表示喜欢和亲密。然后他向欧阳彩柳道谢，说欧阳小姐，你们河川市政府对我的接待真是非常周全，我很满意。请告诉宋祥瑞市长，我谢谢他。欧阳彩柳说李先生，是我们应该感谢您才对。您不远千里，到我们河川市来投资，造福百姓，河川人民将永远铭记您和感谢您。亿万富翁之子手指一点，说你呀，这张嘴，我被你这么一说，不想投资也都得投资了。

欧阳彩柳目光转向朱万年，说朱万年，你要绝对保证李老板在河川的生命和财物的安全。李先生是非常有名的大商人，是我们河川人民的贵客，你一定要保护好他。

从现在开始，你就是他的贴身保镖了。该怎么做，我想你应该比我懂。

朱万年说是。

欧阳彩柳目光回向亿万富翁之子，说李老板，小朱是我们根据你的意思精心挑选来的，品行端正、厚道，武艺高强，您完全可以放心。亿万富翁之子说是吗？他感兴趣地拍了拍朱万年，说露一手给我看看。朱万年微微一笑，算是答应。他的眼睛开始在房子内顾看，像是在找什么实物。亿万富翁之子和欧阳彩柳的眼睛跟着朱万年的视线转动，他们的目光像候鸟一样飞呀飞，房间里一件件精美的实物诸如瓷器、鲜花、电视、冰箱、镜画、窗帘和地毯像一道道美丽的山川被他们掠过，最后他们的目光终于找着地方降落或停下了（当然是朱万年的目光首先在那个地方停住的，因为他目光在前，像领头雁）——具体地说那是一扇门，更具体地说那是门上的一颗螺丝钉，它像吸咬住人体的一只蚂蟥，让朱万年看不顺眼。

朱万年说我用手把门上那颗螺丝钉扭出来或者拔出来。亿万富翁之子和欧阳彩柳都说好。朱万年走到门边，亿万富翁之子和欧阳彩柳也跟着走过去。朱万年聚精会神，运了一小会儿气，然后伸直右手食指，其余四指弯曲。他把食指指甲嵌入螺丝钉的中缝，开始扭动。螺丝钉像被螺丝刀扭动一样松动，它一毫一厘地从木板里退出来，像木桩从厚土里被拔起。那根螺丝钉足有一寸长。亿万富翁之子说你可以把螺丝钉再拧进去吗？朱万年说可以。亿万富翁之子说不能从原来的孔拧进去。朱万年二话没说，重新把螺丝钉往门板上拧。他的食指及指甲像坚韧的螺丝刀，把螺丝钉一毫一厘地拧进木板里去，直到亿万富翁之子和欧阳彩柳鼓掌叫绝。

欧阳彩柳说你这一手是在哪学的？

朱万年说部队。

你当过兵？

是的。

亿万富翁之子说我看从少林寺出来，都不一定有你好功夫。

朱万年说哪里哪里。

亿万富翁之子说现在在什么地方干事呀？

朱万年说保安公司。

噢，就是类似过去的镖局。亿万富翁之子说，一个月多少薪水呀？

四百。

亿万富翁之子摇摇头说太少了太少了！你现在跟我，我每天给你四百，除了付给你们公司以外。

欧阳彩柳说哪能要老板您付钱，您是来为我们河川办好事的，应该由我们付！

亿万富翁之子说我付我付，保镖的钱一定得由我自己付。

为什么？欧阳彩柳说。

亿万富翁之子说这是雇保镖的规矩，谁给钱为谁干事、卖命。

欧阳彩柳说那是在台湾香港，在我们这不一样。

亿万富翁之子说有什么不一样？雇保镖的规矩就是从大陆传过去的。你说是不是？朱……

朱万年。欧阳彩柳说。

朱万年意识到，亿万富翁之子不是来自台湾，就是来自香港。

二

晚上，在有市长宋祥瑞作陪的酒桌上，朱万年一度成为话题,那是因为宋祥瑞市长再一次过问起亿万富翁之子在河川市的生活起居状况。他问亿万富翁之子说李老板,怎么样？习惯不习惯？有什么不适的地方,尽管跟我们提。我在的时候跟我提,我不在的时候,跟欧阳提,千万别客气。他顺眼瞥了一下坐在亿万富翁之子左侧的欧阳彩柳,嘱托道。亿万富翁之子说很好,没有什么不适的地方。宋祥瑞回头看了看站在亿万富翁之子身后其实也是站在他身后的朱万年,又回头看着亿万富翁之子说他还可以吗？亿万富翁之子说太可以了！谢谢。他看看朱万年,又看着市长,竖起大拇指,说功夫是这个！市长宋祥瑞说是吗？那就好。他顿了顿,叫什么呀？他像是问朱万年,又像是问在座的其他人。所以未等朱万年回答,亿万富翁之子就已经帮着说朱万年。他看上去和朱万年已经很熟或比谁都熟,就好像朱万年不是河川人而是跟他从香港来的一样。

朱万年现在已经确切知道亿万富翁之子来自香港,并且知道他名字叫李家宝。

朱万年还知道李家宝的祖籍是河川田安县,但是出生在台湾,在香港成长。他的父亲是二十八岁去的台湾,后来到香港发展，今年已经七十七岁了，因为思念家乡而又年老体衰，所以委托儿子回家乡来，看一看有什么合适的项目，然后投资，参与家乡建设或者说为家乡做贡献。

这些都是朱万年站在亿万富翁之子身后，从他和市长以及其他本地官员的言谈中渐渐了解的。

市长宋祥瑞端起一杯酒，说李老板，感谢令尊大人和你对故乡的挚爱。我再敬令尊大人一杯。李家宝说好。他响应市长和市长干杯。服务员及时为空杯斟酒。市长又把酒杯端起来，说再敬你一杯。李家宝说又喝呀？宋祥瑞说刚才是敬令尊大人，现在是敬你。李家宝说还不是一个样，反正都是我喝。宋祥瑞说不一样，令尊大人和你虽然是父子，但在我们心目中是两个豪杰，所以仅喝一杯哪成？李家宝说好好，我喝。他又和市长干杯。

接下来是其他作陪的人轮番向李家宝敬酒，一敬都是两杯。他们的做法与市长如出一辙，先敬老的再敬小的，说的恭维或奉承话也是如法炮制。唯一有所不同的是欧阳彩柳，她敬两杯，但只要李家宝喝一杯。她说令尊大人岁数大了，我敬他的这杯酒，由我替他喝了。说完她自个把两杯酒喝光了。李家宝说你们看，还是姑娘会疼人哪！

话音刚落,欧阳彩柳已经把一杯新斟满的酒举了起来,说这杯敬您您得喝!李家宝说我喝我喝。他愉快地把酒喝了下去,像一个家长在保姆的照顾和伺候下吃补药一样。

朱万年发觉,李家宝是越喝越兴奋了。他把手搭在欧阳彩柳的肩上,慢慢地又滑到她腰上,五个手指在腰背上拨动,像是弹琵琶一样。奇怪的是欧阳彩柳没有任何反响,就好像抚摸她的巴掌是落在地上的树叶或鸿毛一样。而其他看见李家宝把手搭在欧阳彩柳肩上而后向下滑动的人,也漠视这件事,就像没看见一样。

自始至终,朱万年站在李家宝的身后,既没有走动,也没有坐下来。他和外国国宴站在元首身后的那种人一样,警惕、严肃、恭顺、从命、寸步不离——从随亿万富翁之子步入宴席起他就自觉站在现在这个位置上,像士兵在自己的哨位上站岗。他没有为宴席上的美味佳肴所动,当然也没有人指示或邀请他共进晚餐。在这一点上他和司机有着明显的差别或不同,有的司机可以和领导同桌吃饭,比如宋市长的司机就是。但是朱万年不行,朱万年是保镖。保镖如果在保护对象吃喝玩乐的时候也吃喝玩乐,就不是保镖了。

最后，喝着喝着，李家宝的头低下去，话也不说了。低垂的头不仅没有抬起来，而且突然一歪，向欧阳彩柳倾倒——先碰上她的肩胛，再从肩胛往下掉，欧阳彩柳赶紧出手，将它接住，然后安放在自己腿上。这一幕就像足球飞射，撞在门梁上弹下行将入网时，被守门员抱住，然后平放在门球线上。

李老板，李老板？李先生？欧阳彩柳看着在自己腿上的亿万富翁之子的头颅说。

李家宝没有动静或没有响应。

看来他是醉了，真的醉了。坐在欧阳彩柳另一侧的副市长吴小刚说，他今晚喝得确实是够多的了。

他不会是……昏迷吧？欧阳彩柳将信将疑地说，你们看！

桌边的人有的离开座位走过来，有的伸长脖子，只见亿万富翁之子脸色铁青，全身痉挛，嘴里流着白沫，任人怎么拍、怎么推、怎么掐，也没有觉醒。

市长宋祥瑞立即指令送医院。

朱万年这时候悄悄对欧阳彩柳说这是癫痫病发作，我看不必紧张，过一会儿就会恢复正常。欧阳彩柳一听，说市长市长！她意识到不能太大声，降低音量悄悄说朱万年说，这是癫痫发作，不要紧。

宋祥瑞直接问朱万年，你怎么知道？

朱万年说在部队的时候，我有一个战友就是这样，他后来提前退伍了。

宋祥瑞将信将疑，说那暂不送医院，先叫一个医生来。

医生很快就来了，证实了朱万年的看法。

宋祥瑞舒了一口气，说明天到县下面去，跟县里面的人说，适可而止，不许劝酒。我们喝酒的习惯得改一改。吴副市长，朱万年，尤其小朱，要盯着这个事，不然的话就替他喝。

吴小刚点头说是。

李家宝这时候复苏过来，但对之前的事一无所知，他从沙发上坐起来（癫痫发作后他被移到沙发上躺下），说我怎么会躺在这里？

大家装作若无其事。欧阳彩柳说您装醉，我敬您一杯酒您还没喝呢，就跑去那里了。

李家宝说啊是，是。我现在补，但是你要同我一起喝。

欧阳彩柳说不行，我不行了，刚才您装醉的时候，您知道我又喝了多少？数都数不清。

李家宝说再喝一杯，喝完这一杯，我们就去玩，呵？

欧阳彩柳畏畏缩缩和李家宝干杯。酒刚入腹，欧阳彩柳突然“呕”一声，再“呕”一声，然后赶紧用手封住嘴，迅速起立往外跑。

众人笑。

宋祥瑞说小朱，你出去看一看。

朱万年出了包厢，看见欧阳彩柳朝着卫生间的反方向走，哪里还有作呕的迹象。他跟着在后面唤欧阳，欧阳？欧阳彩柳回头看见朱万年，说你出来干什么？朱万年说市长见你喝过了，叫我出来帮帮你。欧阳彩柳说那正好，如果你真想帮我的话，就进去跟他们说，我吐得非常厉害，衣服全脏了，见不得人，只好先回去了。

朱万年说你不是没醉吗？

欧阳彩柳说你没看见李老板色眯眯的样子？再待下去，就走不开了。到时候宴席一散，人都走了，就我留下，他要这个那个，我怎么办？

朱万年说我也留下呀。言外之意，朱万年说有我在，他能把你怎么样？

欧阳彩柳说你？你起什么用？你是他的保镖呀！是保护他帮他的，不是管制他约束他。

朱万年说他如果做得不对，难道不该管吗？

欧阳彩柳说可以呀，那就不要投资了呗。一亿，甚至两亿，全因为你惹他不高兴没了，化成泡影，担当得起吗你？市长和县长们不扒了你的皮才怪！

朱万年说那你这样走了，不也惹他不高兴吗？

欧阳彩柳说不会，是他灌我喝酒我才会吐得一塌糊涂的，这只会使他产生歉疚感，而不会使他不高兴。这对我没什么不利，往后对河川也没什么不利，因为一个人有了歉疚感，他就会想做些什么进行弥补。现在是他对我歉疚，往后是对你歉疚，对更多的人歉疚和对河川歉疚。我们就是要使他不断地产生歉疚感，一旦他心中充满了歉疚，他肯定会为你、为我、为他、为河川做些什么。

朱万年一知半解地听着，像中学生听大学生的课一样。但是他对欧阳彩柳的见地暗暗佩服。原来听闻市府接待办有一个女副主任，年轻貌美、能喝、能唱、能跳，现在看来她的才能绝不仅仅限于这些。她的聪明才智在其他美女之上。

想什么？听不明白吗？欧阳彩柳问木讷的朱万年。

朱万年说啊？噢，明白，明白了。

欧阳彩柳说那还不照我的话去说。

朱万年回到厢房，告诉在座的人说她吐得可真惨，根本坚持不到洗手间。难受的声音像一个人大哭一样。

宋祥瑞说人呢？

朱万年说她吐得满身都是，脏得不能见人，就只好先回去了。

亿万富翁之子听了，说不好意思，抱歉抱歉！

宋祥瑞说没关系，别不好意思。

李家宝摇头说不，不好意思。

三

回八号楼去的时候，市长宋祥瑞要送，李家宝说别送了。宋祥瑞坚持要送，他说明天我不能亲自陪你到县里面去了，因为我要去省里开会，缺席不得。亿万富翁之子说那你当然要去，一定要去！宋祥瑞说明天由吴副市长陪同你去。当然还有小朱朱万年，他贴身卫护你，人身安全绝对保证。亿万富翁之子说欧阳小姐呢，她去不去？

市长宋祥瑞没半点犹豫，说去，我亲自跟她说，让她去。

市长用自己的专车把李家宝送回八号楼，并进去坐了一会儿，他叮嘱朱万年睡觉之前要记得检查每个角落，关好门窗，不能睡死，办法是喝一杯浓茶。另外帮老板放洗澡水的时候，先放冷水，再放热水，让温度渐渐升高，这样就不至于忽冷忽热。

宋祥瑞语重心长、无微不至，令朱万年非常惭愧，而让李家宝十分感动和欣赏。

市长走后，李家宝说这样的人，我要是主席的话，就让他当主席办公室主任。

四

弯弯曲曲的公路像一条河，一辆接着一辆的汽车像一支船队，向田安县行进。

朱万年和亿万富翁之子、欧阳彩柳同坐在一辆“佳美”上，这也是田安县能拿出的为数不多的好车之一，兴许是县长或县委书记的专车，兴许不是，总之他们把这辆车让给了亿万富翁之子乘坐。田安县县长蒙树起乘坐的“佳美”走在这辆车的前面，而开道的警车又走在最前面。河川市副市长吴小刚乘坐的另一辆“佳美”跟着前一辆“佳美”,两辆“佳美”像一对孪生兄弟或孪生姐妹。而随在“佳美”之后还有市经贸委主任韦昌南乘坐的旧奔驰以及断后的警车。两辆警车首尾呼应,严密地护送田安县非常尊贵的客人平安到达。

田安县委第二招待所这一天张灯结彩,像是方圆百里的大户人家的喜庆日——事实上对于山高水远的田安县来说的确如此,因为从来没有资财过亿的商人到过田安县,当然也就不可能莅临第二招待所。像河川市原第二招待所一样,这里只接待从上面来的官商,所不同的是河川市原第二招待所早就改革全方位开放了,而这里依然如故,非贵宾概不接待。当然,不同的还有占地面积、楼堂数目不一样,才有市里的十分之一。所以田安县委据此因循守旧或保守政策。县长蒙树起有一次对市长宋祥瑞说,我们田安住的就第二招待所最好,但小,一旦放开,天天满人,那贵宾来了怎么办?把人撵走是可以,可被撵走的人肯定骂娘!骂谁?骂入住的贵宾,我们可不情愿我们的上级领导和投资商被人骂。宋祥瑞一听,笑道你就会拍有权和有钱人的马屁，讨他们的喜欢，不怕群众恨你？蒙树起说只要讨得有权的给政策，有钱的给钱，谁恨我骂我都无所谓，再说我这还不都是为了田安的老百姓？

现在，田安县迎来了田安县最有钱人的继承人的光临，这对迎接和被迎接的人都是首次——李家宝是第一次来到河川市田安县，尽管这是他的祖籍。五十六年前他的父亲离开田安到外闯荡，至今不再回来。现在是由他代表父亲回归故里，遂父亲心愿。而田安人见了李家宝，是如见其父——这一点不假。

早早被接来在招待所等候的大成乡上岭村的三位老人，谁也不认识，却能从车上下来的男人里，认出李家宝，因为李家宝长得太像他的父亲了，像一本书、一幅画或一张票的翻版一样。三位老人其中有一位是李家宝的叔叔，另外两位是李家宝父亲最好的伙伴——是他们俩谎称羊被人偷了实际是被他们卖了而把卖得的钱赞助了李家宝的父亲离开家乡的。

面对三位颇为冲动的老人，欧阳彩柳说你们都别说！她接着问李家宝说李老板，你说哪一位是你叔叔？

李家宝粗看细看，也不好断定哪一位是他叔叔。他指一个老人说这个，又马上摇头说不像，不是。他又指另一位老人说是他，但又马上说不是，不像。最后一位老人，他说更不像。因为最后一个老人看上去比另外两个老人显得更老，也比他父亲显得老，所以不可能是他叔叔。

而事实上，他恰恰是他叔叔。

李家宝不明白，叔叔为什么显得比父亲老？

与此同时，李家宝认识了他的一个堂哥和一个堂弟，这也是经过问了年龄排比后区分的——说四十五岁的那个是堂哥，因为比李家宝大，那么说四十岁的就是堂弟了，因为比李家宝小。

堂哥名家天，堂弟名家地，与家宝都属家字辈，这是祖先定好的，就算到了台湾或香港，生下儿子，还使用祖传的字。

由此可见，我父亲是多么想家，爱家呀！

李家宝一语双关的话，赢得在场人的喝彩。

晚饭在和睦平等的气氛中进行。亿万富翁之子、副市长、县委书记、县长、县人大主任、县政协主席、市经委主任、市接待办副主任、县府办公室主任、大成乡上岭村农民、县公安局副局长兼交警队队长、县公安局警察甲乙丙丁、朱万年等欢聚一堂，像一个大家庭。

朱万年原本是站在亿万富翁之子身后，不与大伙共进晚餐的。他非常清楚自己的身份和职责。可县长蒙树起一看不许，强烈要求他进座。他说坐吧，你看大家都坐了，你怎么能不坐呢？朱万年说不。蒙树起说你不坐，我们县里边这些坐下来的人，还怎么好意思坐呢？你不坐，我们都不坐！这么一说，县里边的人都说是啊是啊。尤其已在邻桌就座的甲乙丙丁四个警察，知趣地站了起来，欲退席。朱万年还是不为所动。蒙树起只好求助亿万富翁之子说李老板，你看，他听你的。亿万富翁之子嘴唇一动，说万年，你坐吧。

朱万年坐了下来，坐在亿万富翁之子的一侧本来就是安排他坐的位置上。亿万富翁之子的另一侧坐的是欧阳彩柳。然后才依次是副市长、县委书记、县长——他们连环在亿万富翁之子的两头，像一条钻石坠子的项链。

这样的座次细究起来是不对的，论身份按级别，欧阳彩柳和朱万年都不可能坐在现在这个位置上。这样的安排看上去违反常规马虎草率，但实际上恰到好处用心良苦。

桌上的菜肴严格地说也是不正常的，于情于理都不该单一到只有一素一荤：竹笋和麝。虽然这全是山野之物。好在亿万富翁之子一尝赞不绝口，说这是什么好东西？县长蒙树起说素的是笋，荤的是麝。李家宝说笋我知道，麝？我没吃过。蒙树起说这可是好货，全身都是宝，麝香知道吧？麝身上的精华。李家宝说知道，也只听说过。听说功效很了不得，是吗？蒙树起说你尝了就知道。李家宝说有吗？蒙树起说都泡在酒里了。

亿万富翁之子端起酒杯，一饮而尽。

酒过三巡，欧阳彩柳便劝亿万富翁之子别喝了，她没忘记亿万富翁之子会突然发作的癫痫病和市长临行前夕的告诫。

李家宝说是不能再喝了，再喝我可就打熬不住了！

众人捧腹，感觉到亿万富翁之子很风趣。

麝香酒是少喝了，可麝肉可没少吃。亿万富翁之子胃口大开，像还俗的和尚刚开荤一样。这只麝可是稀罕之物呵，他指着桌上正在火锅里被边炖边吃的麝说，是从什么地方搞到的？

蒙树起说我们田安县就有。

是人工养的吗？

不，野生的。这种动物很难人工繁殖。

哟，那怎么现在还有呀？

有，山里面还有。不仅有麝，还有狸、野猪、黄麂等等。

是真的吗？

当然。

那现在还给打猎呀？

不给，但有的人还在偷偷地打。我们发现了就没收。

那我可以去打吗？

不，打猎很危险的，不安全。

我就喜欢打猎。而且实打实。在香港没有这种条件，我就到非洲去打。可是非洲太远了，我又忙，也才去了两次。我在香港的家里猎枪有好十几把，可惜只是摆设而已。

既然李老板这么喜欢打猎，那就安排个时间去吧。

让不让你们为难呀？

不不不。

那就——一言为定？

一言为定。

这顿晚宴到了最后，只有一个人醉了，那就是欧阳彩柳。她在酒席上的表现或发挥令人叹服和咋舌——首先三巡之后凡是敬给亿万富翁之子的酒，全是由她替喝。而亿万富翁之子敬给故土父母官和父老乡亲的酒，形式之后也全由她代饮。那么还有她敬别人和别人敬她的，就不容分说了。她酒色惊人、仪态万方或风情千种，像一名女神。但最后她喝多少都不会醉的神话被打破了——她精神萎靡、体力不支和语无伦次。她一忽儿拉扯亿万富翁之子说想游泳，一忽儿叨念在省城开会的市长宋祥瑞。打猎不好，游泳才好，她对亿万富翁之子说，我和宋……祥瑞市长一起有一次，那是在海边，北海，好美好喔，你们信吗？

欧阳彩柳严重失控，醉眼昏花，朱万年看上去，觉得她这一次绝不是装的。

欧阳彩柳被送回房间，当然其他人也被送回各自的房间，所不同的是其他人是走着回去而欧阳彩柳是被抱着回去的。

朱万年抱着欧阳彩柳，像荧屏上抱着奄奄一息的女子走向归途的硬汉，襟怀坦荡而从容不迫。欧阳彩柳貌美体丰、意乱情迷，唯有身强力壮且训练有素的朱万年能担此重任，所以大伙一致同意把欧阳彩柳托付给了朱万年。

服务员打开房间，朱万年把欧阳彩柳抱进房间。他直接把欧阳彩柳放上床，脱掉她的鞋，然后扯开薄被给她盖上。因为现在还是春天。

但这时候欧阳彩柳突然把被子踢开，像忘我工作的病人挣扎着坐起来，被朱万年制止说你躺下，快躺下，我把被子给你盖上。欧阳彩柳说不，我不躺！朱万年说你不躺你干什么？欧阳彩柳说我要打电话！

朱万年说打什么电话？给谁打电话？

你别管，把电话拿给我！我的手机在哪？

朱万年把搁在柜台上的手机拿给欧阳彩柳。她一只手拿手机，一只手拨手机号码，像记者站着做笔记或记录一样。但她的手指在发抖，目光也迷乱，老是点错号码。

朱万年夺过手机，说把号码告诉我，我帮你拨。

欧阳彩柳说13907705198。

1、3、9、0、7、7、0、5、1、9、8，朱万年边念边拨，然后把手机贴近耳朵，听到声音“嘟——嘟——”，通了，他说，把电话递给欧阳彩柳。

欧阳彩柳张口就说宋祥瑞，你好大方呀你！人家是想什么你给什么，要保镖你给保镖，要女人陪你给女人，你想想我是你什么人？你把我当作什么女人了？你心里还有没有我？不，你根本不在乎我。你知道香港男人叫我陪他来田安来的目的是什么吗？而你居然也答应了？！他想让我和他上床，陪他睡觉你明不明白？那好，既然你心里没有我，根本不在乎我，我就和他睡给你看！不，我不听，我不听我不听！

欧阳彩柳关掉手机，往床尾一摔，鼻子一抽搐，哭出声音和眼泪来。

朱万年想悄悄退走。

朱万年你别走！欧阳彩柳叫唤道。

朱万年说我得走。

不，你别走，别离开我。

不，这怎么可以？

求你，守着我，别让他过来。我其实不是随便和人上床的女人，不是。但我必须要有个理由，所以我拼命喝酒，想醉过去。你懂我的心情吗？

朱万年说我懂。但实际上朱万年不懂。难道女人喝醉了，就可以阻止男人和她上床了吗？他想。

那就别走。

我不走。朱万年说，你放心睡吧，我坐这里守着你。把被子盖上，呵？对。睡吧睡吧。

最后朱万年还是走了，因为欧阳彩柳睡着了。

朱万年正回他和亿万富翁之子共同住的套房去，它其实离欧阳彩柳住的203房间不远，208，和203就在同一层楼只间隔五个房。他来到208门前，轻轻一推，发觉门已经紧闭。朱万年想我在欧阳房间里待的时间太长了，老板肯定生气了。我该怎么办？敲门叫他开门，万一他睡下了呢？叫他起来是很不礼貌的。叫服务员用钥匙开门？好。他于是去找服务员。他在服务员值班的房门前边敲边唤服务员，服务员？服务员不答应，说明她不在里面。那么她在哪呢？

朱万年不敢继续敲门和喊，因为楼层大多数人肯定已经睡了。他返回208门前，倚靠在走廊的栏杆上，心想今晚我就这么着吧，算是自己惩罚自己，也能保护老板的安全。今后我是决不管这种闲事了。

走廊里的灯光轻柔地照亮着走廊，像盆里的水温和地润湿着盆一样。

突然，208的门大开，紧接着出来一个漂亮的女孩，尽管她披散着一头长发并且衣装不整，但依然清纯妙美、楚楚动人。朱万年一看，心想这不是二楼的服务员吗？

二楼服务员黄曼玉迎头看见朱万年，惊骇地叫了一声，然后低头跑掉。她跑向值班室，推门进去，又砰地关上门。

肯定发生了什么事？朱万年想，到底发生了什么事？

朱万年进了房间，和正从里屋出来的李家宝碰面。李家宝说回来啦？朱万年说回来啦。李家宝说我以为你不回来了。朱万年说哪里不回来？欧阳醉得不行，我怕她出事，多观察一会儿，所以回来晚了。

李家宝说也好。

朱万年说刚才这里没出什么事吧？

李家宝得意地一笑，说你是不是看见小姐从这里出去了？

朱万年说是。

这麝香酒今晚真是……想不到还碰上个处女。这个世道居然还有处女？难得难得。这次来内地还值。

朱万年嘴角一动，像笑。他接着去关好门窗。

搞过处女吗？李家宝说。他毫无睡意，谈兴很浓地和朱万年聊。

朱万年摇摇头。

你未婚妻和你不是第一次吗？他说。

不是。

我夫人和我的时候已经不是第一次，他说，电影圈里的人，不可能是，那比在热水瓶里找鱼还难。你未婚妻是干什么的？

报社记者。

呵，不一般哪。漂亮吗？

还成。

不过，我替你感到委屈和遗憾。李家宝说。

遗憾什么？

处女。

朱万年说我觉得这并不重要。重要的是要有感情，相爱。

李家宝说我现在根本搞不懂爱情。

为什么呢？

因为，我有钱。男人一有钱，就弄不懂女人爱你什么了。

朱万年说是吗？

李家宝说等你将来有了钱后，就明白了。

朱万年说可是，将来我是不会有钱的。

为什么？

因为，我是个保安。

保安要有钱也很容易嘛，高抬贵手，钱财滚滚。

那哪能？朱万年说。

两人像同在他乡的异客漫无边际地聊天，当聊到各自的祖籍或故乡时，李家宝才有睡意。李家宝说你老家是哪？朱万年说就是田安。李家宝说是吗？那我们可是老乡。朱万年说但不是同一个乡，我是八腊乡，在你老家大成乡的西头，蛮远。李家宝说不不，不远。然后朱万年说你这可是第一次回老家，你老家的人肯定别提该有多高兴！李家宝说唉，困了，睡吧。他打了一个很大的哈欠。

朱万年说睡吧。他关照和目睹李家宝安卧后，把刺眼的灯熄了，然后自己躺在了外屋的床上。

李家宝的鼾声像吃饱喝足的肥猪从里屋传出来，回旋在整套房间里。据说男人做爱后才会有如此甜蜜或高质量的睡眠，尤其是和优秀的女人做爱——二楼服务员不管她品质是否优秀，但她的相貌和身体肯定是很优秀的，更何况她还是个处女。朱万年想。

朱万年还想他睡不着觉的原因一定是没有做爱，他的未婚妻李秀梅现在与他相隔一百四十公里，即使近在眼前，与她做爱的可能性也是很小，因为不是朱万年想和李秀梅做爱就能做爱，而是李秀梅想和朱万年做爱的时候才能做爱，但李秀梅想和朱万年做爱的时候总是很少，像内部期刊一样勉为其难和遮遮掩掩。每次做爱对朱万年无疑是一种恩赐，尽管李秀梅做爱的时候总是说我要你而不是说我给你。

然而不管怎样，李秀梅还是一个不错甚至称得上优秀的女人，她的优秀在于她的诚实或者真实——在和朱万年恋爱之后上床之前，她敢坦白自己已经不是处女，并且指明要走她贞操的男人是谁。一个有钱的男人，她说，他信誓旦旦说要娶我，但是他骗了我，他其实已经结婚并且不会离婚，因为他老婆才是一笔巨大财产的继承者和拥有者。这个男人叫韦东明，但是请你不要恨他，更不要找他算账，一切都是我的错，要恨就恨我吧，如果分手，现在还来得及。朱万年说我不恨，也不分手。李秀梅说那好，我们好下去。朱万年抱住李秀梅亲吻——这是他头一次拥抱和亲吻女人，所有的程序或动作均模仿电影。但是最后一步无法模仿，因为电影最后一步总是省略或被剪掉。最后一步全靠李秀梅，她像一名既当演员又当导演的演员，真心实意地配合和诱导朱万年，使初露锋芒的朱万年灵肉合一登峰造极。从第一次以后，朱万年对此痴醉神迷，像吸毒的人一次上瘾，迫不及待地想有第二次、第三次，但他的要求总是不断遭到未婚妻的拒绝，李秀梅说如果纵容你为所欲为，还没等到结婚，你就已经厌腻了。百分之八十的人新婚之夜都不过性生活你知道为什么吗？朱万年说为什么？李秀梅说为什么？因为在结婚之前没有节制，到结婚的时候早就对性生活实际上是对对方没有兴趣了。朱万年说哪会，我不会。李秀梅说不会?！她目光尖锐地看着朱万年，仿佛把男人看透了似的。朱万年说你不用看，我是百分之二十里面的，你放心。李秀梅说我不放心，就是结婚了我都不放心。朱万年说那我们结婚吧，我要你相信我不是那百分之八十里面的男人。李秀梅说钱没钱，房子没房子，结什么婚？

不能随随便便就结婚，也不能想做爱就做爱，朱万年想凡是美好的事情或东西，都不会轻易发生或获得的，就像结婚和做爱，就像发财和升官、爱情和荣誉、功德和长寿，哪一项不是不遗余力去追求才实现的？

这么一想，朱万年觉得尽管一切离他很近，似乎势在必得，而实际上相距甚远、遥遥无期，就像现在他和亿万富翁贴得最近，应该或起码是百万富翁才是，而事实上他是个讨不起老婆的穷光棍。

这么一想，朱万年越发睡不着，像饥饿或被困的豹子，在黑夜里狂躁不已。

五

关于田安县第二招待所服务员黄曼玉遭香港商人李家宝强奸的事情，朱万年是次日晚上才知道的。

次日上午和下午，或者说整个白天，朱万年还紧跟着李家宝在田安县活动，具体地说是上山打猎。

本来，这天的安排不是打猎的，而是去大成乡上岭村，祭奠李家宝的祖宗，并且那里已经做好了一切准备——祭品备足，祖坟修好，父老乡亲翘首以待。唯一无法准备的是大概还有五公里长的通车的公路,如果要去的话,有约五公里的山路需要步行。所以李家宝说我看算了,叔叔堂哥堂弟们不是都来了吗?就不必去了。祖坟在什么地方,造得怎么样?你们拍下来,我带照片回去给父亲看。另外还有五公里的路不通车是吧?那就修好了,需要多少钱,我全出。县长蒙树起说好,谢谢,谢谢。李家宝说不谢,应该的。蒙树起说大成乡不去了,那我们去看一看山葡萄吧!李家宝说就是你们计划拿来酿酒的山葡萄?蒙树起说是呀,我们县得天独厚的野生山葡萄,漫山遍野都是,原料足够建一座年产一万吨的野生山葡萄酒厂。县长蒙树起有意强调野生二字,因为现代野物少见难得,所以吃香值钱,物以稀为贵嘛。李家宝却说那不是可以顺便打猎吗?蒙树起说可以。他接着吩咐县府办公室主任何建设和公安局副局长兼交警队队长韦凯说你们分头去准备吧。

一遛人坐上车像骑上马,向山林驰骋。临近山林,他们像下马一样下了车。

亿万富翁之子李家宝扛着自动步枪,像砍柴的人扛着扁担。好多同样荷枪实弹的人拥着他,登山入林。

山林里数不清的飞禽走兽,像天真无知的小孩,活蹦乱跳地观望或迎接山外的来客。它们纯净灵光的眼睛，仿佛失学儿童的期盼，因为救助人员的到来而变得生动活泛。它们像学生等待开学和放假、老师和课本、表扬和奖品一样，等待着招呼与靠近、呵护与喂养、抚摩与食物。

然而激烈的枪声粉碎了它们的美梦——一只周岁的黄麂首先被李家宝击中，它在一块高大的岩石上倒下，因为挣扎，又从岩石上滚落下来，像从城楼上不幸坠落的孩子，躺在自己的血泊里——花果满枝的葡萄丛中。

在猎手们查验猎物的伤口并夸赞首发命中的猎手好枪法的时候，七窍生烟的禽兽们落荒而逃，它们像躲避兵燹的百姓，躲进了深山老林。

狩猎忽然变得十分困难，因为禽兽迅速而深远的躲藏。它们向更幽森的山林飞跑，或钻入洞窟，或遁在草莽里，藏得非常严密。

但是有一只鹰，它没有逃。它不但没有逃，而且还向猎手们进攻——它从高高的天空上向下俯冲，闪电般地掠过猎手们的头顶，又迅雷般飞向高空。它激怒了猎手们，就像猎手们激怒了它一样。猎手们集中火力向它射击，无数发子弹飞出枪膛，但没有一颗射中它。它依然灵活、愤怒、无畏地翱翔着。

谁能把它打下来,我赏他一万块！李家宝说。他的喊声虽然没有枪响高亢,但所有的人都听到了。猎手们暂停射击。他们自然也是自觉地排成一排,因为他们商定一个接一个地打,轮流来,直到将鹰击落。

李家宝自告奋勇地说我先来。因为他知道不管是先射还是后射,最终拿他赏钱的不会是他自己,他已经对这只鹰没有了自信,以至于怀疑这是一只神鹰。与其让别人把希望寄托在自己身上,不如把希望和机会让给别人。他把枪指向天空,打了一枪。结果在开枪之前就已经注定了。

接下来是吴小刚打,蒙树起打,欧阳彩柳打,何建设打,韦凯打,甲乙丙丁也打。他们轮流射击,为了一个共同的目标。

都没打中。

还有谁没打？吴小刚说。

有人这才记起朱万年。李老板的保镖还没打,县府办公室主任何建设说,他一直没打!

对呀！人们注视着朱万年,到现在为止,他不断地给香港老板的枪装填子弹,还用肩膀、双手和头做枪托,却一枪未发。

打！原来高手还在后面?！人们兴味和信任地赏识着朱万年,把最后的希望寄托在他身上。有人把自动步枪递给他。

不,我不打,朱万年摆手说,我不行。

打,为什么不打？蒙树起说。

行,肯定行！何建设说。

一万块呢。甲说。

我们是不行的了,手枪还行,但手枪打不到。看你的啦！乙说。

朱万年说我也是短枪行,长枪不行。

打吧,别谦虚,打吧。韦凯说。

一万块钱非你莫属。丙说。

这不是钱不钱的问题,朱万年说,我也想钱呀,你以为我不想？但不行哪,恐怕不行。

欧阳彩柳说既然大家希望你打,你就打呗。大家都打,你不打,好像不太好吧？

朱万年说那好,我打。

李家宝说你一定要打中！万年。露一手给他们看看！

快，别让它跑了。

朱万年接过自动步枪，是李家宝使用的那支——它曾经屡屡架在他的脖子上、头上，或者说他屡屡用肩膀、头托着它，以便李家宝顺当地瞄准和射击，当然是李家宝要求，他才这么做的。

现在，李家宝要求朱万年把谁也打不下来的鹰打下来，并且用怎么也打不准的枪（其实这支枪在开始的时候打死过一只黄麂）。朱万年接过枪，像一个默默无闻的人临危受命，去收拾某类残局。他把枪举起来，指向鹰——它像是看见又有人举枪瞄着它了，原来在空中保持静止的姿态忽然变动，急速地开始新一轮的盘旋和俯冲。它像前几次斗争和较量一样，轻蔑或藐视着对手。但它不清楚它的对手变了——现在与它较量的是一名百步穿杨的神枪手，996环，这是他打靶的最佳纪录（满堂红1000环），而且现在还记载在武警某部，尚无人打破。可是这个纪录鹰不知道，不仅鹰不知道，在场的人除了朱万年本人也没有谁知道，这给鹰带来了灾难，而给现场的人带来了惊喜——

“砰”的一枪，人们只见鹰俯冲的路线忽然变异，直直地下坠，像一架趋向毁灭的飞机。所有的人都能意识到，鹰，被击中了。

甲、丙和何建设踊跃前往鹰坠落的地方——一个长满荆棘的小峡谷。他们披荆斩棘，不畏艰险，好像去抓捕毒犯或敌特分子。

少顷，他们把鹰抓来了。无疑，鹰已经死了，人们看到的不过是鹰的尸体。子弹击穿了它的胸脯，那是直接可以要它命的部位，像标靶的靶心，这是使鹰减少痛苦或没有痛苦的唯一捷径，就像被枪决的囚徒，谁都不希望听到第二枪。

人们赞叹朱万年好枪法，用神枪手来称誉他，这称誉曾给过香港商人李家宝，但这没有矛盾，就像英雄的称号给了打虎的武松，还可以再给被逼上梁山的其他好汉，以及造反起义的李自成、斯巴达克斯，发明创造的诺贝尔、爱因斯坦，踢球的贝利、罗纳尔多……

这天狩猎的热点人物是李家宝和朱万年，而野炊的主菜便是他们猎取的动物：鹰和黄麂。它俩像美妙诱人的作品，让品其美味的人赞不绝口。野炊的过程中，李家宝不忘自己的许诺，他叫朱万年把随身带的密码箱交给他。他打开密码箱，从许多沓一沓一万的钞票中取出一沓，发给朱万年。朱万年在掌声中接过钱,然后收进西服的口袋。

欧阳彩柳说朱万年,你要谢我。没有我的劝说和鼓励,你哪里会打?又哪里会拿这一万块钱?

朱万年说是,怎么谢?

分一半给我。

朱万年说好,可以。他接着把刚放进口袋里的钱拿出来,欲抽出一半给欧阳彩柳。

欧阳彩柳赶紧阻止,说我开玩笑,试探一下你大不大方,你当真以为我想要你的钱?放回去吧。

朱万年重新把钱放进口袋里,像小时候到嘴的甜饼被亲人问要,他当真把甜饼递给亲人的时候亲人又把甜饼递到他嘴边一样。

野炊之后,县长蒙树起趁机与李家宝商谈合作兴建山葡萄酒厂的事。他一面引导李家宝观看漫山遍野正在扬花结果的葡萄,一面描述(其实也是引导)投资兴建山葡萄酒厂后巨大的经济效益和长远的市场需求。二十一世纪的食品将是绿色为主导,他说,尤其是酒类产品。过去以米酒占主流的市场,将由葡萄酒来取代。而野生的山葡萄又比其他地方人工种植的葡萄具有更多和更高的营养成分，所以……

我知道。李家宝未等蒙树起说完便打断说，你们计划需要投资多少钱？

九千六百万，人民币，蒙树起说，港币也差不多是这个额度。

算一亿吧，李家宝说，多少年能收回投资？

每年纯利三千万，三年多一点。蒙树起说。

你这一方计划投资多少？

我们计划提供二百亩土地，无偿给投资商使用十五年。蒙树起说。

十五年太短。李家宝说。三十年？

不可以。蒙树起说。

那就二十五年。

也不可以。蒙树起说。

李家宝说没有余地吗？

二十年可以考虑。蒙树起说。

二十年？李家宝说，我也考虑考虑。

一干人返回县城。傍晚的时候，李家宝吃完晚饭早早就睡了，因为他感觉太累。刚一躺下去，鼾声马上响起。

但朱万年在这个时候是无论如何睡不着的——爬山越岭对他来说是很不费力的事情,不会使他感到劳累。不仅不劳累,而且异常兴奋。我们知道是什么东西使朱万年如此激动不已。是那一万块钱赏钱。它现在贴着朱万年的胸口,恐怕只有过去年代爱人的情书才可与之比拟。

朱万年悄悄离开房间,轻轻把门掩好。他的目的是想到总台给未婚妻李秀梅打电话,告诉她和她结婚的愿望至少可以提前一年实现了,因为他的目标是一年攒一万,而现在他就有一万了。他来到总台,刚对服务员说我打个电话,只见县府办公室主任何建设急匆匆过来,拉着朱万年说老兄。朱万年说什么事?何建设继续拉着朱万年,把他拉到拐角处,才说出了一件事,我们也是刚刚知道的,县长想问问你。朱万年说什么事?何建设说到了房间再说吧,县长在等你。

何建设带着朱万年走进108号房,就正正在208号房的下面。县长蒙树起坐在一个沙发上,其余两个人坐在床上。空着的一个沙发则是留给朱万年坐的。

县长蒙树起等朱万年进来后就向他介绍坐在床上的两个人:县公安局的卢局长和苏队长。

朱万年说你们好。卢局长和苏队长已站起来，异口同声地说你好！然后依次与朱万年握手。

县长蒙树起指引朱万年往沙发上坐，并且说请坐。

朱万年推辞说不，卢局长坐。

卢局长说不，你坐。

朱万年说您是局长。

卢局长说你是客人。

朱万年说我哪是什么客人？

卢局长说凡是从外面到我们田安县的，就是我们的客人。

朱万年说哪里话。我也是田安人，老家是。

苏队长说朱老弟的高强武艺，在河川可是很闻名啊，在我们市公安这个系统，恐怕无人可比。

朱万年说哪里哪里，高手多的是。

县长蒙树起说他今天一枪打落一只飞着的老鹰，拿了大奖。坐吧小朱。蒙树起又指着沙发说，这是特地为你留的。

朱万年坐在了沙发上。何建设为他倒茶，朱万年说我自己来。何建设说我来我来，你坐。朱万年说谢谢。蒙树起掏出一包名烟,说抽烟吗?朱万年说不抽,谢谢。蒙树起示意其他人,卢局长和苏队长各要了一支,蒙树起也取了一支。苏队长立即为县长的烟点上火,再给卢局长的烟点上火,最后才给自己的烟点上火。

然后县长蒙树起问朱万年说李老板睡了吧?

朱万年说睡了。

然后县长蒙树起说是这样,叫你来主要是想了解昨天晚上,关于李老板的一些情况。昨天晚上,你一直是跟李老板在一起的吗?

朱万年说是呀,怎么啦?

蒙树起看着卢局长,说还是你来说吧。

卢局长看看苏队长,又看看县长,说苏队长说?他知道得详细。

县长说好吧。

于是,苏队长说那我就说啦。他就把田安县第二招待所服务员黄曼玉遭香港商人李家宝强奸的控诉原原本本地说了出来——

今天上午,约九点这样,我上班后出去吃早餐,又回到办公室的时候，治安科的蓝东胜叫我，说有一个女孩来报案，说她被人强奸，所以得你们刑侦队跟着受理才成。我说好，你把人带过来。他把人带过来，是很漂亮的一个女孩。我问她叫什么名字？职业？年龄？她说我叫黄曼玉，二招服务员，十九岁。我说出了什么事？她说我被人强奸了。我说你被谁强奸了？她说208号房的客人。我说208号房的客人是谁？她说原来我只知道是香港老板，今早我才知道他叫李家宝。我说他是怎么强奸你的？但可不许胡说呵！我不胡说，她说，就是昨天晚上……她突然哭了起来，大概想起了昨天晚上的事。我说别哭，慢慢说。她还是哭，边哭边说昨晚……我说昨晚几点？她说我不记得了，他们一帮子人喝酒回来，进了房间。后来208的人打电话说洗澡水怎么开？我说有红的是热水开关，绿的是冷水开关。他说我开过了，不行呀。我说我去看看。于是我就去了。进了房间，我认得是香港老板，经理讲明过的。香港老板说把门关上，别让风吹进来。我就顺手把门关上。我直接走进浴室里。还没开水，他就把我抱住。我礼貌地对他说老板，把手放开好吗？因为经理反复交代，对香港老板要礼貌，千万不能得罪，所以我尽量不生气。但是他还是不撒手，还乱摸我的身子，嘴巴乱朝我的脸蛋、嘴、耳朵和脖子上亲。我说老板你别这样。他不听，他不仅不听，还脱我的衣服。我不让他脱，他硬是要脱。脱了我的衣服不算，又连抱带拖把我弄到房间里面那间，把我压在床上。我用力推他，但是他太胖，又有力，根本推不动。于是我只有喊，我喊救命呀！他说你喊救命干什么，我又不杀你。我说那你要干什么？他说上床，就是做爱。我说我不懂，我不上我不做！他说我给你钱，多多的钱。我说我不要钱，多少钱我也不要。他说那你要什么？我说我什么也不要！只要你放开我，放我走。他说你这种服务态度可不好了，你们的经理是这样交代你为我服务的吗？我要跟你们经理说、县长说，只要我跟你们经理县长一说，你的工作就肯定没有了。我很害怕，一害怕就不敢动也不敢喊了。然后他就……他就……我说他就怎么样？她说他就强奸了我！我说你要分清楚，不愿意才能叫作强奸。她说我不愿意！我一点都不愿意！我说你被强奸后，为什么不马上报案，而到今天早上才报案？她说因为我想不通，也不敢。我说为什么想不通、不敢？她说因为他是香港老板，县里请来的客人，肯定向着他，我报案肯定没人理我、信我。我说为什么现在又想通、敢了呢？她说因为我想不管他是谁，强奸别人都是犯法的，我是受害者，难道公安局、法律会保护犯法的人而不保护受害者吗？所以我就来了。我说那好，你的事我们当成一起案件受理了。然后我就叫她在笔录上签字。她走后，我立即跟局长汇报。局长听了汇报后说要跟县长汇报。于是我们到这里来找县长，但县长那时已经出发了。于是等到现在才汇报。

县长蒙树起听完汇报，沉思了一会儿，然后说你们都听到了，强奸这件事，比较难搞，因为涉及的是我们县政府招来投资的香港商人。首先我们看这件事成不成立？是不是强奸？存不存在这种事情？黄曼玉说这事发生在208，而208是李老板和我们的小朱同志一起住的，虽然是套房，各住一间，但又是相连通的。我们想一想，既然或者如果发生李老板强奸黄曼玉这种事情，小朱同志能一无所闻袖手旁观吗？现在的关键问题是，小朱，朱万年呵？知不知道这件事？有没有发生强奸这件事，最重要的证人是朱万年！小朱呵？尽管你是李老板的贴身保卫，保镖，负责香港老板安全的，但你也是我们本地人。现在我们抛开这两样身份不管，出于公正、公心，实事求是地，见到什么就说什么，听到什么就说什么，好不好？

朱万年说好。他喝了一口茶，然后说昨晚我看见黄曼玉了，但是我没有看见她被李老板强奸。我听李老板说他搞了一个处女，但没听见他说他强奸了一个处女。

那么说黄曼玉根本没有被香港老板强奸这回事？蒙树起说。

那我不知道，朱万年说，反正我没看见，也没听见。

你一个晚上都是跟香港老板在一块的吗？苏队长说。

基本上是。

基本上？就是说大部分时间你是跟香港老板在一块的？苏队长说。

是的。

那么有一小块时间你没有跟香港老板在一起？苏队长说。

是的。

哪一小块时间？

十点到十一点。

那时候你在哪？

我在欧阳彩柳的房间里。朱万年说，她喝醉了，我照顾她，直到她睡着。

那么有可能香港老板就是在这个时间里，强奸了黄曼玉。苏队长说。

蒙树起说有可能，但是没有证据，要有证据才成。没有证据，你可以说是强奸，他可以说是通奸。而且通奸的可能性可信度比强奸大。因为人家是香港大老板，想跟什么样的女人睡觉不行？想跟模特跟模特，想跟演员明星跟演员明星，想跟有钱的男人睡觉的女人什么地方没有？他何苦何必强奸一个不愿意和自己睡觉的女人？现在哪还犯得着强奸？当然也不是没有，身上没有钱的烂仔、小流氓，只好强奸啦。但你说一个富豪、亿万富翁的儿子强奸了你，谁信？我都不信。也许是因为觉得不要钱吃亏了呢？也许是某种过分的要求比如想去香港或做情人的欲望得不到满足呢？当然我们这种常规的推理也不一定对。最终还得靠证据。

苏队长说我们可不可以直接讯问香港老板？

蒙树起果断地说这不行！这会严重阻碍或影响香港老板对山葡萄酒厂的投资，万一强奸不是事实呢？

苏队长说那就困难了。

蒙树起说我看重点还是放在黄曼玉身上，进一步弄清她告香港老板的真正原因和动机是什么。究竟是觉得被糟蹋了呢，还是像我说的那样另有图谋？再拿黄曼玉来问，真正问个水落石出！

苏队长说好。

县长蒙树起直面朱万年，说小朱呵，这个事你就当作不知道，在李老板面前你就好像什么事也没发生一样，可以吗？

朱万年说可以。

蒙树起说谢谢。

朱万年说那我走了？

县长说好，尽快回去，免得老板万一醒了，生疑。

朱万年起立与田安的县和公安局的领导告辞。他离开108号房，经过总台的时候，也没心情给未婚妻李秀梅打电话了。上到二楼的时候，他其实很希望看到黄曼玉，察看一下她的神态和心态。但是值班的已经是另一个女孩。他叫那个女孩开208的房门，叮嘱她轻点，免得惊醒了香港老板。

香港商人李家宝依然鼾声如雷，高枕无忧。

六

谁也没有料到黄曼玉会自杀，就像谁都不相信她被强奸一样。

但是她自杀后，人们相信她是被强奸了。她是以死来证明自己是被强奸的。最早发现她上吊死亡的人也最早发现了遗书，遗书上写道：

今天，公安局的人把我叫去，他们不相心（信）我昨天讲的话，他们要我成（承）认我没有被香沧（港）老板强奸，我不成（承）认，因为他要和我干拿（那）个事，我不愿意，他更（硬）是干，象（像）是杀人一样凶很（狠），任平（凭）我怎么推怎么喊都没有用，这不是强奸是什么？他们问我是不是没有要香沧（港）老板的钱过后觉得吃亏了，所以才告？我说不是的。他们说怎么会不是？有很多女人就是这样。我说我不是。他们说香沧（港）老板都说了，你想要他带你去香沧（港），跟他养（享）福，他没答应。我说他胡说八到（道）！我不是拿（那）钟（种）人！他们说拿（那）你是拿（哪）钟（种）人？我说我不知道，你们说我是拿（哪）钟

(种)人？他们中有一个说你是鸡，卖×的女人。

我不是鸡，我没有卖我自己！多少钱我都不卖！我可以拿命来做保正(证)，死给人们看！

别了，亲爱的爸爸妈妈！

别了，弟弟妹妹！

黄曼玉绝笔

1999年4月27日凌晨

遗书像一份传单，在闻讯过来围观的人中传看。流到公安局的人和县领导手里的时候，真相已经大白了，就像天已经大白了一样。

县长蒙树起紧急开会，打电话向市长宋祥瑞汇报请示，再开会布置。

然后他才进见香港商人李家宝。

县长蒙树起拿着黄曼玉遗书的原件，直截了当地出示在李家宝面前，给他过目。李家宝看过以后开门见山地说说吧，什么条件？蒙树起说还是你自己说怎么办比较好。李家宝说投资办厂的事，我考虑好了。我决定投资。蒙树起说我们现在不谈投资办厂的事，先解决这个事情再说。他抖了抖遗书。李家宝说我赔钱，赔钱。蒙树起不说话。李家宝说五万够吗？蒙树起还是不吭声。李家宝说那就十万。蒙树起说如果死者家属肯接受的话，可以，但恐怕马上得给。李家宝说十万我有。我还随时可以叫香港再汇过来。蒙树起说不是我逼你，人命关天，我当县长的也没办法帮你，请谅解。李家宝说不不，能帮，能帮。蒙树起说当然你是香港公民，有些特殊，我可以做做工作。李家宝说谢谢。关于投资办厂的事，我决定投一个亿，无偿使用土地二十年。蒙树起说是十五年。李家宝说好，十五年。

县长和香港商人谈话或者说谈判的时候，朱万年也在场。他本来想暂时避开，但李家宝不让他走。这个时候他比任何时候都需要保镖，尽管这个保镖不是他亲自挑选的——他原先的保镖在他来内地之前刚刚被他辞退，原因是素质不尽如人意，具体地说是拳脚功夫不到位和忠心不够，离了枪便胆小心虚，离了钱便自由散漫，像美国警察一样。所以这次他来内地，除了投资考察以外，还想物色一名保镖——这名保镖最好是祖籍地或本土的人，因为本土的人比较牢靠，纵观许多大人物的保镖和心腹都是如此，像蒋介石、萨达姆等。所以一来到河川，把意思跟市长一说，便有了一名保镖，尽管他还断定不了这名由当地政府临时选派来的保镖是否尽如人意，但有一点是可以肯定的，这名保镖的武艺在他见过的武林高手之上。有他在身边，觉得安全和心定许多，尤其现在惹下大祸的时候。

这以后在进入商谈和修订合同文本的时日里，香港商人李家宝就像战将进入作战状态一样，紧张严密、警惕小心，如临大敌、如履薄冰。很显然局面对他很不利——他因为好色造成的恶果像一颗重型的定时炸弹放在他的身边，而排除祸患的决定权在对方手里，具体地说在田安县县长蒙树起的手里。这位矮小却聪明绝顶的县长全权负责着与香港商人的谈判及合同的起草，同时负责着对黄曼玉自杀事件的指挥和处理。因为有了黄曼玉的自杀，在谈判桌上李家宝如陷泥淖，而蒙树起却如同天助——他提议的合同的每一项、每一条、每一款，都要使得对方完全同意和接受为止，否则就会生出什么意外来。

这天，蒙树起比约定会谈的时间晚到了一个多小时，而且还是急忙赶来的样子。他坐下来，一面擦汗一面说对不起，自杀那名女孩的家属和乡亲来闹，喊打喊杀，我亲自上前，好说歹说，总算暂时把他们挡住了。所以来晚了，对不起。李家宝说不是给钱了吗？蒙树起说钱他们也要，人他们也不想放过，要整呀！李家宝慌忙说那怎么办？蒙树起说我说要了钱就放过别人，要整人就把钱退出来，只能要一样。李家宝说他们怎么说？蒙树起说他们说想一想。李家宝说请你做工作，好不好？蒙树起说我正在努力做。来晚了现在我们继续谈吧，抓紧时间。他摊开合同文本。

在上一次会谈中，县长蒙树起提出一条，也就是合同里看上去明显是补充进去的第十九条：鉴于在合作之初由于甲方的原因和责任发生的意外特殊情况，为确保合作项目成功，甲乙双方签订本合同后，甲方应立即将项目投资的百分之五十资金也就是折合五千万人民币到位。待该部分资金到位后，甲方代表方可离开。

这明显带有胁迫性的第十九条当即遭到甲方代表李家宝的拒绝。双方互不妥协，陷入僵持状态。

现在，重新谈论第十九条。

甲方代表李家宝说好吧，我接受，但乙方务必保证甲方人员在乙地的生命和财产的安全，如甲方人员的生命和财产受到侵害，甲方有权单方面终止合同和抽走资金，由此造成的损失和后果，由乙方承担和赔偿。这一条也要写进合同里去。

乙方代表蒙树起说好，同意。

晚上吃了饭，李家宝回到房间，他让朱万年紧锁门窗，拉上窗帘，然后叫朱万年立即睡觉。朱万年说这么早就睡呀？怎么睡得着？李家宝说我叫你睡你就睡，有事我叫你。朱万年说你不睡吗？李家宝说我是让你先睡，不然半夜你打瞌睡，你只有这个时间睡觉。朱万年明白了老板的用意，睡下了，准确地说躺下了，因为他毫无睡意，不过是做出睡觉的姿势而已。

但是很快，李家宝把朱万年叫起来，说还是别睡了。朱万年说是。他例行地检查了一下门窗，掀开窗帘一角观察窗外的情况，不见任何异常动静。

李家宝说过来坐吧。

朱万年坐到李家宝身边。

李家宝静静地看着朱万年，仿佛是用心在看，诚恳的目光令朱万年感动。朱万年说李老板，有什么您就说吧，我听您的。

李家宝说是吗？

朱万年说是。

如果我说什么，或者说我要你做什么，你会一直对我说是吗？

是。

好，李家宝说，我问你，我现在处境不利，有危险，你肯尽心尽力帮我吗？

是。

不管我是好是坏，是祸是福，你都会是向着我的？

是。

你愿意长期做我的保镖吗？

是。

离开这边跟我去香港？

是。

不贪恋美女不图谋巨富？

是。

不背叛我？

是。

好！李家宝站起来，叫朱万年也站起来。他伸出双手触拍朱万年的双肩，说我们今晚就走！

朱万年说去哪?

离开这里回香港。

干吗这么快就走?

再不走就走不了了。

为什么?

你没听见要五千万投资到位才能走吗?李家宝说。

听见啦!朱万年说,蒙县长提出来,你答应的。

他拿那女孩的死来要挟我,我不得不答应。李家宝说,所以趁签合同之前,赶快走。

这么说您不打算投资了?

出了这件倒霉的事,还投什么资呀,逃还逃不及。李家宝说。

朱万年说那不是骗了田安吗?

生意场就是你骗我我骗你。李家宝说。

可不能骗田安呀,朱万年说,这是您老家,您要是这么走,不怕田安人骂您祖宗?我要是跟您走,田安人也会骂我。

你怎么啦?李家宝说,不愿跟我走吗?

是。

可刚才你是怎么跟我说的？李家宝说，不管我要你干什么，你都会说是。

是。

那现在我叫你跟我走，你为什么不走？

我怕田安人骂您祖宗，也骂我祖宗，因为您刚做了一件坏事，所以不能不做好事就走。您不做好事就走了，田安人就会骂您祖宗，而我跟您走，也会跟着挨骂。朱万年说。

李家宝说你怕别人骂你祖宗我不怕。

朱万年说那要走您走，我不走。

李家宝说你不走我就走不了。

朱万年说怎么走不了？

李家宝说没有人护送帮助我怎么走？

朱万年说怎么护送？怎么帮助？

李家宝说首先，得找一辆车吧？找到车以后，得有一个人把我带出田安。所以，非有你帮助和护送不可。

不。朱万年说。

李家宝失望地看着对他说不的人，说你是不是我的保镖？

是。

是你为什么说不?

我也不想说不,朱万年说,但是不得不说。

为什么?

我也讲不清楚为什么,不敢吧?朱万年说。

有什么不敢?李家宝说,我给你钱。

朱万年说给钱也不敢。

五万!李家宝说,只要今晚能离开这个地方。

朱万年摇摇头说不敢。

八万?李家宝用拇指和食指做了个颠倒的八字,说把我送出田安就成,你不愿走就回来。

朱万年说给多少钱也不敢,我觉得这不是钱不钱的问题。

那你说是什么?你想要什么?我带你去香港还不好吗?只要到了香港,我保证让你过上幸福美满的生活。到了香港,我就不一定叫你做我的保镖咯,而叫你去拍电影,打入演艺圈。凭你这身手,保证能一炮打响,因为你全是真功夫、硬功夫!比成龙都真、还硬。你想想,成了像成龙那样的人，要什么是有什么，要有多风光就有多风光。你一旦有了名，就有钱，有了钱，就有汽车、房子和女人。女人可不是一般的女人，而是美女中的美女，比如参赛获奖的香港小姐、模特和歌手，以及走红的影视演员，这些女人其实也容易上手，你想上谁就上谁，只要你真有本事。另外你不是没搞过处女吗？你和你未婚妻搞的时候她已经不是处女你说过的，这好办，我带你去泰国，那有，两千泰铢搞定，现在泰铢贬值，还不到了呢。怎么样？走吧，跟我走？李家宝循循善诱，动之以情，晓之以理。

我还是做我的小人物算了，朱万年说，没搞过处女也没关系，我还是想跟我的未婚妻结婚。

李家宝说我说了这么多，你还是无动于衷呀?!

朱万年说对不起，李老板，我不能跟您走。

李家宝说既然你不走，我自己走!

朱万年说您自己走，也关联到我。

李家宝说怎么？我自己走关你什么事？我不能走吗？有人要你监视我不让我走吗？

朱万年说没有。

我是来和田安谈项目，投资生意的，现在我不想做生意，不想投资了，合同又没签，我走不行吗？我为什么不能走？我不做生意还受限制吗？谁说我不能走？

朱万年说老板您别发火，我没说您不能走，我不是这个意思。我的意思是您走了，不跟田安打招呼，问我的时候我怎么说？

李家宝说你是怕你受牵连，受累，我明白。

朱万年说我是个小人物，胆子也小啦。

李家宝说那你就喝酒，喝多多的，你看你胆子还小不小？肯定不小！不信你试试。

朱万年说喝酒？他们问我我就说我喝醉了？不知道。事实上我也喝醉了，必须喝醉，对不对？李家宝说对，而且还是我有意把你灌醉的，那不就不关你的事啦？朱万年说那好，您把我灌醉吧。

于是，李家宝从冰箱里拿出了酒，是田安当地特制的麝香酒，准备给香港老板想喝的时候喝的。现在香港老板拿来给保镖喝。他亲自给保镖斟酒，劝保镖喝。但他自己不喝。

朱万年说老板您也喝点吧,陪我喝。

李家宝说不喝,这酒厉害,我就是喝这玩意出事的,不能再喝。但你可以喝,你只有喝多了才会没事。是不是?

朱万年说是,对。

朱万年频频往自己的嘴里倒酒,像一个口渴的人咕噜咕噜喝水。他的脸渐渐青下去,眼睛却渐渐红起来。

李家宝积极地在一旁看,不时神秘地发笑。

朱万年瞪着李家宝说您笑什么?

李家宝说我笑你胆小,笑你窝囊,笑你不仗义。

朱万年说谁说我胆小?谁说我窝囊?谁说我不仗义?

李家宝说我说。

朱万年说您为什么说?

李家宝说连夜路都不敢走,所以说你胆小。一个大男人不在乎搞没搞过处女,所以说你窝囊。一个保镖在主人困难的时候袖手旁观,所以说你不仗义!

朱万年嚯地蹦起来,像被抽打和激奋的猎狗一样。谁说我不敢走夜路?他说,谁说我不在乎处女?谁说我袖手旁观?

李家宝说我说。

朱万年一把拉起李家宝，说走，我们现在就走！

李家宝说去哪？

送您离开这里，去香港，去泰国！

李家宝说我不要你送，我自己走。

朱万年说为什么不要我送？

李家宝说我为什么要你送？

因为我是您的保镖！

你还知道你是我的保镖？！李家宝说。他显出气恼的样子。

知道，朱万年说。

既然你还知道是我的保镖，那你知道应该怎么做吗？

知道。

怎么做？

搞一辆车，连夜送老板走。

车怎么搞？

楼下就有，随意要一辆。

但是你没有车钥匙？

对我来说不需要，朱万年说，什么样的车即使没有钥匙我都知道怎么开。

可是你喝了酒,行吗?

行!朱万年说,再喝多少我都不怕,您放心,我的驾驶技术跟我的枪法一样!

那好,李家宝说,等招待所里的人都回房间了,我们就行动。

朱万年说反正我听您的。

李家宝一手拿起满满一杯酒,朱万年以为又是递给他,伸手来接。李家宝说不,这杯酒我喝,你不喝了。他说完将酒一饮而尽。然后又说出一句话:

万年,我差点看错你!

朱万年得了这句话,像一个沉冤的人得到平反一样,感动不已,对前程增添了信心、勇气和力量。

接下来一切照计划进行——夜半人稀的时候,首先是朱万年一个人下楼,搞到一辆车,给李家宝发信号。李家宝才下楼,钻进车子里。然后车子启动行驶。

每一个步骤、环节都如实按设想的一样轻微、细致、独到地完成。

就这样香港商人李家宝和保镖朱万年在茫茫黑夜里,踏上了去路。

七

最早发现牌号为桂Z-008168的“尼桑”车不见的自然是这辆车的司机——他的上司叫他小韦，小韦叫他的上司陈总——陈总，陈总，我们的车不见了！陈总说小韦，别急，再找一找。小韦说都找遍了，不见。陈总说你肯定昨晚是停放在招待所里的吗？小韦说肯定，昨晚我们去外面玩回来，就没有再出去过。陈总说那就怪了，谁敢偷我们的车？

最早发现香港商人李家宝和保镖朱万年不见的自然是来招呼吃早餐的县府办公室主任何建设——他敲208的门后十分钟还不见开，就叫来服务员。进去一看，空空的房间和酒瓶告诉他，出问题了。他立即去报告县长。

刚刚听说招待所丢了一辆车的县长蒙树起，又听说香港商人和保镖不见了，灵机一动，把两者联系起来，全想明白了。

也想明白了的何建设说要不要派人去追。

县长蒙树起背着手踱了踱步，然后说天要下雨，娘要嫁人，随他去吧。

何建设忽然觉得这句话熟，谁说过的？他很快想起来了。

毛主席神哪，何建设想。

神了?! 何建设后来又想。

因为后来，也就是他跟县长报告不久，县长蒙树起又接到一个报告，说在与田安相邻的罗富县境内，发生了一起严重的翻车事故——一辆牌号为桂 Z-008168 的“尼桑”车在 214 国道 174 公里处坠落青江河谷，车上两名男子全部遇难。

站在县长旁边的何建设一听，心想神了?! 却不敢说话，因为他看见县长追悔莫及的样子，像一面破碎的镜子。

寻枪记

马山醒后起床,发现枪不见了。平日睡觉,他都习惯把枪放在枕头底下,起身穿戴或临出门时把枪佩起。但今天马山在枕头下摸不着枪。他掀开枕头,像银行的出纳打开保险箱盖后看不到钱一样,不禁心里发毛。

枪呢?我的枪哪里去了?马山一面在卧室里翻衣抖被地寻找一面想。我平日都是放在枕头底下的,现在枕头底下是肯定没有了。棉被下也没有,床头柜里外也没有。床底下?也没有。都没有。枪能到哪去呢?

马山把搜寻范围从卧室扩大到客厅,又从客厅进展到女儿英英的房间。他左翻右翻，东张西望，最终也找不到想要的东西，像一个虽胆大心细却误入穷人家里的窃贼。

妻子韩芸从厨房里把早点端进客厅，见马山慌慌忙忙地翻这翻那，说你找什么？马山便想说枪，但枪字到了嘴里，又用牙齿咬住，像一个内向的男人，不敢对心爱的女人说爱一样。韩芸说说呀，找什么？马山说没找什么。韩芸说是不是找存折？存折夹在书里，《毛泽东选集》第三卷。不过你要存折干什么？马山说我想看看里面还有多少钱。韩芸说还有多少钱？昨天给了你妹妹两千，还有多少你心中有数。马山说那就不看了。

马山吃着妻子煮的面条。看见面碗里比往日多了许多肉，而且味色别致，不像是妻子做的，就说哪来的这些肉？韩芸说哪来？饭店里吃剩的呗。你妹妹叫人打包，全给了我们。冰箱里塞满了，洗衣机里还有，不抓紧吃，只有请老鼠帮忙了。马山愣头愣脑地说这到底是怎么回事？

韩芸用筷子近距离指着丈夫，说看把你喝得醉的，到现在还醒不过来。你妹妹昨天结婚请酒，摆了四十桌，知不知道？

马山停止进食，说昨天我是不是喝醉了？

趴在酒桌上不省人事,你说醉了没有?韩芸说。

那……我是怎么回家的?马山说。

送回来的,你以为你自己还能走?

谁送?

我知道是谁送?当时我忙着侍候你妹妹,哪顾得上你?反正有人送。

那是我先回家,还是你先回家?

当然是你先回家。我回家的时候你已睡得像头猪一样。

那我怎么进得了家?

你身上没有钥匙呀?别人摸你身上要钥匙开门不就得了?

那英英呢?

英英跟我。哦,你还想她会跟你呀?看你那样子像个鬼。我头一次见你醉成那种样子。

高兴吧,马山说,妹妹结婚。

韩芸说,你和我结婚的时候为什么不醉成那种样子?不高兴是吧?马山说好了。他急躁地将筷子顶着掌心,筷子朝上掌心朝下,像裁判做暂停动作一样。然后他把筷子搁下。说我得赶紧到派出所去,今天英英你送。

韩芸瞄了一眼墙上的挂钟,说去那么早干吗?

有要紧事。马山说。

马山到派出所的时候,除了值班的两名警察,其他的人都不在。两名警察一个叫黄恩一个叫何炳军,见了马山异口同声地说人头马,早。马山说早。人头马是马山的外号,由来是前几年他岳父在省城治病,手术之前妻子韩芸叫他把手术费送去。马山凑够手术费到了省城。韩芸说得给主持手术的医生送红包,还得请他吃饭,不然万一出差错怎么办?妻子的意思是只要请医生吃饭和送了红包,手术就不会出问题或没有万一。马山想这是关系到对妻子和岳父的感情,不同意也得同意。他盘点了身上的经费后,认为可以匀出一千元钱,五百元钱作为红包,五百元请吃饭。他把医生请了出来,还请医生选定酒家。医生带着他进了一家西餐厅,因为医生说他在国外留学多年,习惯了吃西餐。两人坐下后,马山请医生点菜,但医生说客随主便。马山就拿过菜单来点。菜单上的菜都标明价格,但马山把价格的小数点全看错了!比如他看见人头马(瓶)1888.8元(人民币),误以为是188.88元。他想久闻人头马名贵，其实也贵不到哪去，不就一百八十八吗？比国酒茅台还便宜。既然医生习惯吃西餐，肯定也习惯了喝洋酒。既然有心请人家吃饭，就要让人吃得满意，喝得满意。另外我也从未喝过洋酒，今天借这个机会或托眼前这位医生乃至岳父的福，开开洋荤。人头马就人头马，来它一瓶何妨！酒两百块，菜三百块，反正不突破预算就成。于是就点。吃喝的过程中，满面红光的医生对马山佩服之至。他说其实呀，我从国外回来后，很少能吃到西餐，平时病人亲属请吃饭，我是不忍心叫到西餐馆来的。今天也就见你是个警察，请得起，才心狠这么一回。马山说这没什么，请得起请得起。医生说还是你们当警察的好哇，能耐大，收入又高。马山说哪里哪里，比不上你们当医生的强，拿手术刀救人，这才叫有能耐。医生说不，还是拿手枪的比拿手术刀厉害，了不得。他端起酒杯，说来，借花献佛，敬你一杯。马山说干杯！名酒入腹，再加上医生的由衷褒扬，马山不禁有些飘飘然。那时刻他还不知道他将为此付出沉重的代价——饭罢结账，一看账单，5000 元，马山傻了眼。他先是以为店家算错了，一复核才知道起先是自己看错了小数点。事到如今争执是无用的，再说有即将给岳父大人做手术的医生在场,不好闹呀。只有认了,交钱。打九折,九五四千五,还是看在医生的面子上。本来打算吃饭后送给医生的红包也不能送了,吃饭都花了五千,红包还不得一样是五千呀?! 出了餐馆,还得毕恭毕敬地嘱托医生,我岳父的病全靠你的神刀妙手了。医生说你放心,你岳父肺癌早期,手术后保证活十年八年没问题。有了医生的保证,可岳父的这一期手术费挪用了三分之一,而且明天就交,不够了怎么办? 把情况如实告诉妻子,可这时候能告诉她吗? 那比告诉岳父患了癌症打击还大。只有自己再想办法。于是打电话给派出所领导,又借。所长韦解放说现在下班了,我一下子去哪里搞得到五千块钱? 马山说我临来前刚探明学荣街 13 号是个赌窝,还来不及去捣。今晚你叫人去捣吧,罚没款先借五千元给我。所长韦解放说好吧。成功了我派人连夜给你送去。第二天中午,马山在医院门口焦急地等来了送钱的人,就是黄恩。黄恩说所长交代了,你得把借钱的原因理由讲清楚,因为这是罚没款,动用是违法的。马山就把事实经过告诉黄恩,还写了欠条给他带回去。黄恩回去一讲,听到的人全笑。马山人尚在省城,外号就已经给他安好叫开了。人头马不仅是西门镇派出所的人叫，连县公安局的人也叫。公安局局长樊家智有一次见了马山，说好样的，有种，我们县这些当公安的，谁喝过人头马？只有你一个。叫你人头马当之无愧！后来这事让县纪委的人知道了，下来调查，当查明马山一餐饭吃掉五千元是属于挨宰、上当而不是公款挥霍时，对马山不仅不予追究，反而深表同情。而现在，枪不见，性质可不同丢失四五千元，这可不是玩笑。

马山和值班的黄恩、何炳军打声招呼后直走到大立柜的跟前。大立柜是保管派出所干警物品用的，分成十几个方格，像澡堂里衣柜的样式，每名警察都有一个，用来保存各自的便衣、警服和枪械等物品。马山取出钥匙打开属于自己那一格柜桶的门锁，他想说不定枪就锁在柜桶里，或许昨天去赴宴的时候压根儿就没带枪。他先看见警服，昨天临离开时换下的，因为他觉得穿着警服去参加婚宴不太适宜，显得严肃了些，容易使人紧张和反感，何况是去参加妹妹的婚宴，还是穿便衣的好。既然警服在柜桶里，枪可能就埋在警服下面。他撩开警服，看见一顶帽子，撩开帽子，看见一副手铐，但就是看不见枪。他的心头发毛，那感觉就像早晨掀开枕头时一样，而且还要加重。

马山换上警服，然后跟黄恩说黄恩，等一会儿所长来了，你跟他说我请一个上午的假。黄恩说他要问原因我怎么说？马山说你就说，我妹妹马华刚落夫家，我过去看看。摩托车我开走了。

马山看见妹夫梁青天家的六层高楼，突出在一片普遍三层的楼群中，像一名超级巨人站在常人的队列里。然后他看见梁青天家的狼狗，朝他吠叫。他妈的，这条狗连警察都不怕，马山想。接着，在狗吠声中，老镇长梁仁贵从楼门内出来，看见马山，就对狗说梁卫，是自家人。狗一听，就不吠了。马山从摩托车上下来，说梁镇长，你好。梁仁贵说唉，都是自家人，叫什么镇长，再说我已不是镇长了。马山笑，看着正对他昂头摇尾的狗说它真可爱，名字也蛮有意思，梁卫，梁家卫士，是不是这意思？梁仁贵说看看门而已，紧要关头，还得依靠你们当警察的呀。

马山说好说好说。

马山看见妹妹马华从楼上下来，边下楼梯边梳头，一脸的慵懒疲倦，像林黛玉似的，一看就知道纵欲过度了。要不是我来了公公上楼去叫，肯定现在还睡，马山想。

马华见了哥哥,高兴地说哥,昨晚你没事吧?马山说没事。马华说我看见你醉了。谁敬你都喝,像青天一样。马山说梁家这边的人老灌我,不喝不行呀。马华说谁让你当马家的代表了,又是我哥。马山说青天没事吧?马华说他拿的酒瓶里装的全是冷开水,哪里会醉?马山说我真笨,不会装。马华说你这么早来,有事?马山说我想问问,昨晚我喝醉了,没掉什么东西让人捡起吧?马华说没有呀。我不知道。马山说那你知道是谁把我送回家吗?马华也说不知道,我问青天。正说着,梁青天下楼来,说,哥,你来了。马山说哎,青天。马华说青天,哥昨晚没掉什么东西有人捡起交给你吧?梁青天说没有呀。马华说那你知道是谁把他送回家吗?梁青天说知道,我叫我的两个哥们送的。马山说谁?梁青天说周长江。马山说知道了,还有谁?梁青天说还有一个县里来的,叫田肖人。他有车,我叫他开车送你。马山说哦,是长得像葛优的那个?梁青天说有什么问题吗?马山没有。梁青天说看你的神色肯定有,说吧。马山说不过……只是丢了一块手表。青天说我哥们会要你的手表?他接着转头对马华说你上楼把我的手表拿下来。马华就上楼把手表拿下来,交给梁青天,梁青天又把表递给马山,说给你,劳力士。马山说这不是我的表。梁青天说送给你的。马山说不,这么贵重的东西我不要。梁青天说谁跟谁呀?兄弟之间送礼不算行贿受贿吧?马华说哥,给你你就拿吧。马山说好,我先拿,等我的手表找到了,再还给你。

离开妹夫梁青天的家,马山骑着摩托车,像骑着马一样在宽广兴旺的西门镇跑动。他穿街入巷,耳聪目明,像一个搜寻目标的猎手。最后他在建和街7号李小萌住处找到了周长江。

李小萌是镇文化站的干部,俏丽风骚,除了她在县中学当总务主任的丈夫蒙在鼓里之外,大多数人都知道她外号叫潘金莲,那么凡是和她有染的男人则被称之为西门庆。为了区别,男人姓刘,就叫刘西门庆,姓廖,就叫廖西门庆,依此类推,可想而知周长江不可能不是周西门庆——他可是西门镇第一个拿大哥大的人。

李小萌的房门居然是周长江来开,因为周长江听到敲门以为是去上班的李小萌又回来了。但开门却见是马山。双方都吃一惊。周长江说马哥你也来找李小萌呀?马山说不是。周长江说人都来了还说不是?是就是呗,我不在乎。不过李小萌不在。马山说我是来找你的。周长江说找我？你到李小萌这里来找我？马山说因为我估计你在这。周长江说找我有什么事？马山关上门，说昨晚是不是你送我回家？周长江说是呀。马山说还有谁？周长江说我和你妹夫的一个哥们，在县里面，叫田肖人。马山说我有一样东西是不是你们帮保管了？周长江说没有呀。什么东西？马山说什么东西不用我说，你们拿了你们就懂。周长江说我不懂，我真的没拿。马山说别开玩笑，这可开不得玩笑。周长江说我不开玩笑。马山说不是你拿，就是田肖人拿。周长江说我不知道，反正我没拿。马山说长江，看在你哥哥是我的战友而你是我妹夫的哥们这层关系上，我先把好话说在前头，我的东西你们拿了就拿了，马上还给我，我当是你们做好事，我谢谢你们。但如果你们拿了不交出来，不还我，那……马山欲言又止，因为他觉得下面想说的话不用说周长江也明白。但周长江说马哥，你说来说去，到底是什么东西呀？马山瞠目结舌，像一个被无耻之徒惹怒而引起血压升高或心绞痛的好人，他指着周长江说你，你你……马山连说了三个你，也讲不下去，像一个结巴。刚才是能把话讲完不讲，现在是想讲讲不出。

我什么？周长江说，我送你回家到头来反而被你诬陷拿你东西？我拿你什么东西了？你有什么东西好拿的？你有钱吗？或者你有文物、金元宝？

周长江口气很硬，像一个没有被抓住把柄而又被纪委叫去问话的党政干部。他点了钱、金元宝等几样东西，那都是马山没有或缺乏的，而马山具备并且关心的，他就是不点。他为什么不提手枪？马山想，他知道一个警察身上最重要的东西就是手枪。马山还记得两年前有一次执行任务，为了与指挥部联络方便，他去跟周长江借手机。那时候西门镇刚开通程控移动电话，有手机的人寥寥无几，只有镇长、书记和最早阔起来的生意人才有。那么作为财富或权力象征的（大哥大）手机，号称西门镇最年轻的阔爷周长江不可能不买，而且是第一个买的——邮电所放出几个吉祥的号码来拍卖，引人注目的一个号是9018018，最终被周长江以两万元（不含入网费和机身费）的标价获得。这让当时已露富摆阔的周长江更显尊贵。马山那时想，我战友的弟弟真有出息。周黄河，你在天之灵如果有知你弟弟这么出息，可以含慰于九泉了。周黄河与马山同于1983年入伍，又同在一个班。1984年5月16日，周黄河牺牲于法卡山。1986年马山退伍复员回到西门镇时，周长江高中还未毕业。马山考试被录用为警察那年，周长江高考落榜，在街上摆起了小烟摊。马山见了还说长江，再考一次吧，经济上我可以支持你了。周长江说马哥，谢谢你，你要支持我的话就跟我买烟，而且这是最好的支持。马山无奈，掏钱买烟，而且一买就是两条。马山习惯抽烟就是从那时开始。转眼几年过去，马山在周长江面前，已不敢再说关心体贴的话了。周长江已俨然是老板派头，有随从，有摩托车。现在又有大哥大——

长江，有一件事求你支持。马山记得当时这么说。把你的大哥大借给我用一个晚上。

周长江说，不行。

就一个晚上，明天早上一定还你。

周长江说，不行。借钱可以，我宁可借钱给你，一年两年不还都无所谓。但手机不能借。

为什么不能借？马山说，我不是乱借你的手机有急用才借。

周长江说我问你，你的手枪能借吗？不能吧？我是做生意的，手机就像你当警察的手枪一样，离不了身的。

马山哑口无言，悻悻地走开。回到派出所，从腰后拔出手枪，摆在掌上，像把商品放在秤盘上。他把手掌高高举起，手臂像失重的秤杆一样下斜。我×，他想，原来是拿手枪的分量重威风，现在是拿手机的人牛×！现在的人拿手机，就像或相当于过去的人拿手枪一样。

马山想起以前跟周长江借手机受到的冷遇，现在又被奚落，更是怨中添恨，像是雪上加霜，或像火上添油。

周长江，你听着。没有我要找而找不到的东西。我的东西我一定能找到，非找到不可！

下午，马山到派出所，准备把丢枪的事向所长报告，因为他已经找了一个上午和中午，询问了与婚宴有关的主要人员，都没有他要找的失物——离开周长江后，他还去了大壮饭店，那是昨天举行婚宴的地方。饭店老板常建军把所有服务员集中到大厅，像士兵一样排好队，然后说有谁捡到东西没有？拾金不昧者重重有赏！服务员中有的说捡到打火机，有的说捡到半包香烟，还有的说捡到手套一只，就是没有说捡到手枪的。马山听了直摇头。老板常建军说你们捡到的这些东西，全是该雷锋和小学生捡的，不算，不能得奖！然后宣布解散。马山便又以饭店作为起点，沿着回家的路线走。他在每一个可疑的地点都停下来，下车走一走，环顾一番，借以勾起对昨天晚上的一些记忆。临近西门镇中学的时候，在一块已经被卖掉但还没有兴建楼宅的水田边，马山忽然想起昨晚上他中途下过一次车，因为他要撒尿。他记得撒尿的地方黑黪黪的没有灯火，并且尿着落的声音特别，那是水浇到水里的反响，像雨点敲打河的表面。这一带没有河，像河的地方无疑是这块灌满了水的水田。另外，马山记得他似乎还大便了。那么，枪是不是在大便的时候掉进水田里了呢？马山想到这里，毫不犹豫地脱掉鞋袜，赤脚走进水田里。水田里的水浸到马山的膝盖以下，但刺骨的感觉却遍及全身。这是元月的水。马山弯着腰，两只手像犁铧一样插在水里泥里，然后一步一步地移动。他的姿势动作像是插秧，但更像是摸鱼。摸索的时候，不断地有人路过，大都认识马山，几乎都问马公安，摸什么呐？马山就说摸几条泥鳅，给老人煮汤补身。

后来西门镇中学放学了，成百上千的学生像无缰的马群飞奔而过，但也有不少停下来，他们大都是韩芸的学生，好奇地观看他们的班主任或任课老师的丈夫，在没有秧苗的水田里干什么。

当一无所获而浑身泥污的马山回到家里，妻子韩芸说你怎么啦？又喝醉了摔进田里是不是？马山说不是。

派出所所长韦解放一见马山，说马山，我们谈一谈。马山看所长一本正经，并且不叫他人头马而叫大名，心想我的枪是不是已经被人捡到交到派出所了？我正要跟他谈手枪的事哩。所长韦解放把马山带进所长办公室坐下后，拉开抽屉，从抽屉里拿出一份表。马山看见是一份表，心里既遗憾又紧张，怎么是一份表呢？他想。他希望所长拿出的是一把枪，他编号为000247的五四手枪。所长韦解放先把表放在桌上，说马山局里1997年度先进个人，今天上午经过所领导讨论研究，认为你在去年的工作中，积极努力，不怕困难，勇于斗争，破案率高，所以决定报你。你把表填一下，交给我，然后上报。马山听了摆手，说不不不，我不要先进，我当不了先进。韦解放说你当不了先进谁当先进？去年好几起特大杀人抢劫案都是你主力告破的，功劳不先归你归谁？马山说归派出所，归领导。韦解放说那是集体。先进集体局里也让我们所报材料。先进集体我们所有希望得,先进个人我们报你把握最大。马山说不行,我不行。韦解放说这次评上先进是有奖金的,你以为跟以前一样?据说先进集体拿三万,先进个人是三千。有这份奖金,我们不是好过年吗?你不是更好过吗?马山说我不是这个意思,我的意思是……韦解放打断说我懂你的意思。你的意思是你也有不少的缺点毛病,比如说爱喝酒呀,不爱参加理论学习呀,爱破大案不爱抓赌抓嫖呀,但这没有什么大不了的。告诉你,这次评先进比的是谁破的案多。你不仅破的案多,而且都是大案要案,局里口头表扬了你几次,只有推你当了先进,我们所才有希望拿到先进集体。就像……就像一个运动队,只有有人拿了冠军,运动队才有荣誉一样,而你是夺冠军的最佳人选。

所长韦解放一席话,像一块香嫩而发烫的豆腐,含在马山的喉咙,既不便出来,又难以消受。哎哟所长,这可难为我了,马山说。

第二天,马山填好表格,交给所长韦解放,然后说所长,我想请几天假。韦解放说好的。马山说我岳父的病最近恶化,西医是没治了,我想跑一跑,找些民间的中草药试一试。韦解放说我看你对你岳父比对自己亲生老子还好。马山说哪里，因为我老头子现在身体还硬朗，所以你看不到我的孝心。韦解放说也是，都说久病床前无孝子，但你肯定是个例外。

马山回到家里对妻子说韩芸，领导刚布置给我一个秘密任务，这几天回得了家回不了家都说不定。韩芸说有任务你就去呗。她言外之意是，我什么时候拖过你的后腿？马山说这次任务要花销，因为是秘密，所以不便借公款，开支将由个人先垫，完成任务了再报销。他言外之意是请妻子给钱，韩芸当然不会听不懂。她说存折在书里，《毛泽东选集》第三卷，我告诉过你，用钱你就拿去取呗。马山从书架上找到《毛泽东选集》，取下第三卷，翻出存折，见还剩一千元存款。韩芸说够不够？不够我去跟学校借点？马山说够了。他有些感动地看着妻子，觉得妻子刀子嘴，其实豆腐心，跟他结婚八年，没攒下几个钱。当然攒不了钱的原因之一是前几年岳父患癌症做手术，补贴了不少，再加上挨宰那几千块，欠款前年才还完。终于又有了几千元存款，马山的妹妹又结婚。妹妹马华虽然嫁的是个富户人家，但做哥哥的礼金不能轻薄。马山原打算送一千，但妻子韩芸提高到两千。马山觉得妻子在家境拮据的情况下能做到这点，难能可贵。妻子韩芸是西门镇中学的语文教师，十年前从师范学院毕业，工作第二年力排众议和众多追求者，嫁给了连中专文凭也没有的马山，让许多人喟叹和嫉羡不已，更让马山觉得自己三生有幸。

马山说等一下你没有课吧？韩芸说没有。马山就用手揽过妻子，发出亲热的信号。韩芸埋怨说你想一想，多久没碰我了？但身体非常温顺和情愿地跟从丈夫。在床上，马山任凭自己怎么努力和妻子怎么帮助，都不能行事。他的心老是被一把枪逼着，脑子里凉飕飕的，根本兴奋不起来。韩芸说我叫你戒酒你不戒，现在见了吧？马山说我戒，从今往后我一定戒。韩芸说你能戒得了吗？马山说我保证我能，不信过几天我回来你看。韩芸说我看你这把枪是对别人雄头而对自己老婆发蔫。马山说冤枉，它可是对你忠心耿耿，从一不二！韩芸不禁发笑。

远远的，马山看见周长江住宅的门开了，一道亮光像水一样从门口泻出来，然后是周长江走出来，身着黑色的皮衣，像一头熊。他边戴手套边顾看左右。有人在住宅里把门关上。住宅外有一辆铃木王摩托车，马山认识是周长江自己的，它表明周长江在住宅里，所以马山据此在偏僻处守望，从上午到现在，他已经蹲坑近十个小时了。另一辆铃木王摩托车也像他一样蹲着，那是他跟“自强”摩托车修理店老板何树强借用的。何树强是马山的战友，十三年前周长江的哥哥周黄河刚牺牲不到一个月，他踩中敌方埋设的一颗地雷，战争给他留下了一条性命，却要走了他男人的根。他痛不欲生或生不如死地回到镇上，在人们的同情、耻笑和遗忘中苦难地活着。后来是马山的鼓励和支持，帮助他筹措资金开起了摩托车修理店。修理店开张后，门前寥落，马山几乎拜见了西门镇所有的摩托车主，动员和奉劝他们一旦摩托车坏了，就拿到“自强”摩托车修理店去修，以至于人人认为“自强”其实是马山开的店，何树强不过是代理而已，真正的主子是马山。也正因为如此认识，人们才把摩托车送来“自强”修理，就像不看僧面看佛面。然而只有何树强最清楚，马山从来没有从店里拿过一分钱。在这个镇上，唯有他对马山知根知底。所以当马山第一次有求于他借一辆摩托车的时候，他把最好的车推出来。“铃木王”，西门镇为数不多的名车之一。何树强说这是他自己新买的车，请马山尽管使用。

现在，周长江跨上他的“铃木王”，与此同时，马山也跨上何树强的“铃木王”。两辆名车像两匹骏马，分别承载着西门镇两名勇敢的男人，具体地说是一名敢赚钱的男人和一名敢不要命的男人。两个男人一前一后，或者说一个在明，一个在暗，在同一条道和同一方向相距甚远地行动着。

这是刮着寒风的晚上。

出了西门镇，马山只见一道车灯，像鬼火一样在前方摇曳。他虽然看不见周长江，但是他知道周长江就在车灯的后面，像幕后的导演。他也听不见前方摩托车发动机的声音，那么后面摩托车发动机的声音也不可能被前方听到，况且现在是逆风。但是马山无论如何是不能开灯的，他怕周长江知道有人跟踪。他只能摸黑行驶，这是他当警察锻炼出来的一门绝技。

后来，车灯熄灭了，或者说消失了，因为前方出现了更明亮的灯光，将其淹没，像河水纳入溪水。马山被前方明亮的灯光吸引，或感到诧异。此地已远离城镇，也不靠近村庄，竟然也有像村庄准确地说是像营房和学校一样的亮光?! 这是哪里? 马山在黑暗里观望光明前景，像在荒漠里看海市蜃楼。

一股浓烈的卷烟的味道在这时候扑入马山的鼻孔和肺腑,像刺骨的风。敏锐的马山立刻警觉,这是一个生产名优假烟的地方!他把摩托车推到一个土坎边放倒,然后蹑手蹑脚地向灯亮的地方靠近。

这原来曾经是部队的一个营地,很多年以前部队撤走了,改为干校,又改为农校。农校办不下去了,又改为养猪场。1975 年大旱,颗粒无收,猪场破产,木瓦门梁全被拆卖,只剩下墙。想不到许多年后,有人把这里重新修缮,办起了工厂。马山没有来过这里,但清楚这里的变迁,除了现在变成生产假烟的工厂。他之所以没到过这里,是因为这已经超出西门镇的地界。它的西边是西门镇,东边是东门镇,北边是北山乡,用线一画或心领神会,就是"金三角"——马山立即联想到位于中国、缅甸和泰国边境上那块长满罂粟的土地,并仿佛身临其境。

他潜进工厂,像猫入林莽、官上贼船。他躲在一箱又一箱堆砌如山的"红塔山""阿诗玛""红梅"等烟的背面,不敢暴露身体。但是他的目光可以透过烟箱的隙缝,投落在卷烟的机器和操纵机器的人身上。

他看见三个他认识的人：周长江、梁青天和田肖人。他们在厂房里巡视，对操作的工人指指点点，像下基层或企业视察和指导工作的官员。三个人里田肖人的职权似乎最高，因为他居中，周长江和梁青天在其左右，还时不时对他言语，像是做汇报。

梁青天呀梁青天，你怎么能跟这些家伙搞在一起！马山在心里对妹夫埋怨说，你知不知道搞假烟是犯法的，是要坐牢的？你坐牢不要紧，但是把我妹妹给坑了。我早知道你是这样子，绝不同意我妹妹嫁给你。现在这两个家伙拉拢你下水不算，还把我的枪给偷了。我的枪肯定是这两个家伙中的一个拿的，或者是合谋拿的。梁青天梁青天，如果你把我当是你内兄，就帮我把枪要回来，至少帮探明枪是不是在他们身上，在谁身上。如果你能做到这一点，你搞假烟的事我可以想办法放过你。马山藏在烟山里意念妹夫，同时想办法和等待时机使妹夫从周长江和田肖人的身边走开。

机会终于有了。梁青天出了厂房去野地里拉屎。马山从钻进来的破洞里退出去。他迅雷不及掩耳地摁住了光屁股的妹夫，并捂住妹夫的嘴。是我，马山轻轻说，然后松开手。梁青天说哥？黑黝黝的野地里谁也看不清谁，但声音是清楚的。马山说我们是来打假的，想不到你也有份。梁青天说哥，我不是主要的，主要的不是我。马山说但是你脱不掉，我们来了很多人，就埋伏在厂房四周。梁青天说哥，放过我这回。马山说我可以放过你，但你必须做一件事，你要老实，否则别怪我帮不了你。梁青天说一定一定。马山说你先擦干净屁股把裤子穿好。梁青天擦干净屁股穿好裤子。马山说我问你，周长江和田肖人身上有没有枪？梁青天说没有。马山说真没有？梁青天说反正我知道没有，我从没见过他们有枪。马山说他们以前没有，说不定现在就有了呢？梁青天说那我搞不清楚。马山说你进去搞清楚，他们有没有枪？你搞清楚了，算你立功，搞不清楚，发生意外你罪加一等。梁青天说你告诉我怎么办吧，马山就告诉梁青天怎么办。

梁青天走进厂房，对田肖人和周长江说我拉屎的时候，听到有咚咚咚很多人跑步的声音，向这边围过来，好像还有拉枪栓的声音，你们快去看看。周长江一听，慌忙说道他们对我们动手了。田肖人说他妈的，拿了我们多少钱也没放过我们。梁青天说怎么办？跟他们干了？田肖人说拿什么跟他们干？人家人多，又有枪，我们一支枪也没有，人手又少。耗子舔猫×，不是找死吗？周长江说想办法，跑吧。

田肖人吩咐周长江、梁青天先躲在杂物里，说等他们冲进来的时候，趁乱逃走。

三人立即就找地方躲起来，可躲了很久，也没见什么动静。田肖人示意梁青天出去看看。梁青天硬着头皮出了厂房，摸到原来拉屎的地方，对马山说没枪。马山说你保证没有？梁青天说我保证。马山说好，你回去稳住他们，就说原来是一群野狗在互相追赶，还有刮风。梁青天说那我被抓了你怎么帮我解脱？马山说我就说你是派出所的线人，卧底。

马山骑着摩托车返回西门镇。但他没有回家，而是让何树强赶紧给他弄吃的，因为他已经饿扁了。然后他就在何树强那里睡了。

韦解放见了马山，说这么快就上班啦？搞到什么灵丹妙药了没有？马山说还没有。我去寻访民间医生的途中，偶然发现一个造假烟的地方，所以返回来，向领导报告。韦解放说是吗？好。马山说就在西门镇和东门镇、北山乡交界的地方,原来部队的驻地。韦解放说知道了。

马山说把行动的任务交给我吧,那里情况我熟。韦解放说你先抓药去吧,这个事不是说行动就能行动。两镇一乡交界的地方,哪能是光我们一个派出所动得了?要行动的话,需要几个乡镇统一,还要协同工商、技术监督等部门。这个事不仅我指挥不动,镇长也指挥不动,要县长至少副县长才行。马山一听,说我太不自量力了。韦解放说总之我会向上级汇报,我会说线索是你查获的。马山说这个不必。韦解放说你赶紧抓药去吧,假烟多造几箱不死人,你岳父的病可延误不得。

从派出所出来,马山还真去看了岳父。他提着一包东西,不过不是药,而是两斤羊肉。岳父是退休的粮所干部,或者说是停薪留职的干部更准确些,因为粮所早就名存实亡了,工资很久没有领到了,他原来治病的医药费还是粮所卖了路边的晒坪给报销的。这已很让岳父感激不尽了。他现在住在旧街的祖宅里,由小儿子照顾。马山来的时候,他正在家门口全神贯注地和别人下棋。马山把羊肉拿进家里。岳母去世了,小舅子不见在家。马山把羊肉洗好切好,放到锅里去炖。然后到门口看岳父下棋。岳父的棋下得很臭，马山忍不住出声并动手去纠正，岳父才知道女婿来了。马山帮岳父把对手打败了，对手不服气，要求和马山下。岳父让位。马山和对手连杀几盘，尽是输。他原以为下棋可以暂时忘却一切，就像岳父只有下棋的时候才忘却自己是个病人一样。殊不知棋局上杀气腾腾，扑朔迷离，尤其棋子吃掉棋子的叭叭声，像恐怖的枪响。每当一个棋子被吃掉，他觉得就像是一个人被打死了一样。

棋下到最后，羊肉炖烂了，还有锅头。

县公安局发来通知，西门镇派出所和马山分别评上了先进集体和先进个人，请派出所一名领导和马山到县里领奖。所长韦解放收到通知，像一名实现目标的教练员或领队如释重负和欣慰。他当所长快五年，西门镇派出所还是第一次评上先进集体。在以往的几年里，每年离先进总是差那么一点，不是办案经费超支，就是某民警对嫌疑人动作言语粗暴被状告等等。阿弥陀佛，去年一年安然无恙地度过去了，韦解放扬眉吐气，像农民脱贫翻身一样。他把通知通知马山。马山说这么快就评出来了？韦解放说快过年了嘛，当然快。马山说我看我就不去了。韦解放说去，你怎么能不去呢？马山看着情绪高涨的所长，有苦难言。

表彰大会是下午举行,所以韦解放和马山上午才出发。车是跟镇府借的,桑塔纳。派出所有一辆吉普,但韦解放说领奖怎么能坐吉普去?他跟镇长一说,镇长李勇宁愉快地借出自己的专车,还说回来后要设宴祝贺。

西门镇离县城三十公里,路不是很好走,但不到一个小时就到了。韦解放把车开进县府招待所,说今晚我们不回去了。一年到头,痛饮一次。局里喝酒有几个高手,但我们要收拾他们,联合其他派出所,主要看你。马山连忙说我不行,我不喝。

因为还有时间,韦解放要去看在县中学读书的儿子。马山说你去吧。

韦解放走后,马山也离开房间,又走出招待所,像散步一样来到街上。春节临近,街市上人头攒动,像大雨降临前的蚂蚁。密集的摊位占道摆设,堆满各种各样的年货。马山无心购买,但又不撤离,像是当班的巡警。然而他还是在一个摊位前停了下来,因为摊位上各式仿真手枪,像磁铁一样把他吸住。他拿起一把五四式手枪,端详着。这把五四真像我那把五四,他心想,真像,太像了,连我当警察的肉眼看，都看不出来。如果不是摆在摊位上而是拿在歹徒手里，我肯定以为是真的。多少钱一把？他说。

十块。摊主说。

买一把。马山说。他付了十元钱。

一转身，马山便把手枪插在裤腰上，那放空了好几天的枪套，重新插进手枪，像剑放在剑鞘里或像珠宝放在珠宝盒里。警服上装没有完全把枪盖住，露出一小截枪管，像脚拇指从破鞋里露出一样。

下午，颁完先进集体的奖后，马山被叫上台领奖。全局先进个人一共十个，比先进集体多五个。马山排在第六，站队正好在中间，所以给他发奖的是公安局局长樊家智。樊局长与他握手后先把荣誉证书给他，再递过写着3000元的红包。马山把这两件东西拿在手上，像其他人一样转身面向观众。有九个人把荣誉证书和红包扬起来，像夺标的运动员挥举鲜花和金杯一样，只有马山没扬。他显得不高兴，看上去他给人的感觉是嫌3000元奖金太少。

回到座位上，韦解放说马山，你怎么啦？马山说没什么。韦解放说没事吧？马山说没事。

会餐的时候，马山看有一桌坐妇女最多，就坐到那一桌去，目的是少喝酒。韦解放则相反，他很想把马山调过去，以壮酒力，但又怕马山不高兴，只好决心孤军作战。

会餐持续了四个小时，到晚上十点才散光。马山搀扶着醉得一塌糊涂的韦解放回到招待所的房间，一放倒，还来不及替他洗脸脱鞋，就听到了呼噜声。马山给韦解放脱鞋后，卸下韦解放的手枪，连同集体个人共33000元奖金，放在自己的枕头底下。他呆呆地看着不省人事的韦解放，心想我妹妹结婚那天，我就像他这样。

半夜，忽然有人敲门。马山坐起来问谁呀？门外的人说是我。马山下床把灯打开，再把门打开，看见是公安局刑侦队的黄杰。他的弟弟就是黄恩，和马山一个派出所的。

黄杰说，你们所打电话来，李小萌被杀了。

马山一惊，开口就问是枪杀，还是刀杀？

李小萌躺在她住所的地板上，倒在自己的血泊里，当然血已经凝结，颜色也不鲜红了。她穿着睡裙，但床上的棉被枕头还叠放得整整齐齐的。伤口在胸前，只有一处，有一寸大，但是非常深刻。裤衩还穿着。屋里没有翻箱倒柜的痕迹。而墙上多了一行血书：

杀人者武松！

血书是手指写的，墙根丢着一根断指，拾起一验，是李小萌的右手食指。蘸的当然也是李小萌的血。

是刀杀。马山说。他看公安局刑侦队的黄杰，又看所长韦解放。黄杰点头。韦解放说说下去。他的酒此时已经醒了，从县城回西门镇的路上，马山不断地揉他的太阳穴和掐他的人中。开车的是黄杰。

凶手既不是想行奸，也不是想行窃，目的只有一个，就是杀人！马山又说。

杀人的动机和杀手是什么人？

那要等抓到凶手以后才知道，马山说，不过我推断，杀人的动机是锄奸，杀人者是对李小萌的淫荡刻骨仇视的人。他留言杀人者武松，意思就很明显，而李小萌的称号是潘金莲。那么凶手很可能是李小萌的丈夫或她丈夫的弟弟？黄杰说，李小萌的丈夫是谁？有没有兄弟？

黄杰的弟弟黄恩回答说，唐松庆，县中学的总务，好像没有兄弟。不过昨晚唐松庆没有回西门镇，他恐怕现在还不知道李小萌被杀。

黄杰说赶快派人先把他监视起来。

韦解放对黄恩说黄恩,你去吧。

黄恩说是。然后立即驱车去县城。

黄杰说是谁报的案?

派出所民警何炳军说一个匿名男人,通过电话只说李小萌死了,去收尸吧,就把电话挂断了。

马山说毫无疑问,报案人就是凶手。

杀人者武松?黄杰一边说一边琢磨,有意思,《水浒传》前几天刚播到武松杀嫂,现在就有人出来效仿了。

马山一听,猛然说不好!他还要杀人!

黄杰说为什么?

马山说凶手自称武松,杀了公认是潘金莲的李小萌,那么他肯定还要杀西门庆!

谁是西门庆?黄杰说。

凡是和她通奸的男人,都是。除了她丈夫。

黄杰说那有多少个西门庆?

马山不语。韦解放也不语。在场的人都不语。大家面面相觑,仿佛一无所知,又仿佛心照不宣。

黄杰说那要把西门庆都保护起来才是,否则又要出人命。

黄恩从县城打来电话，说李小萌的丈夫唐松庆现在在公安局，不过这两天他都没有离开县城，并有无数证人证明。另外他没有兄弟。

韦解放说叫局里把他放了吧，让他回来处理后事。

这时候是上午十点，大部分干警已撤回派出所。韦解放见大部分人都在，就决定把三万元奖金分了。派出所有十五名干警，正好一人两千。马山说把我那三千元也充进去吧。韦解放说这哪成，三千元是你的，集体的你一样有份。马山说要不三千元充进去，要不两千元我不要了。韦解放说你有这个意思就行了，该要的你全部都得要。

马山怀揣着一共五千元的奖金，觉得是个负担，便想先拿回家去放，最主要的还是想让妻子尽早高兴。

但是他在路上被周长江拦住了。

周长江将摩托车横在马山的自行车前，两腿撑地，像支架一样撑着摩托车。他说马哥，到我家去坐一坐吧。马山说不坐，我没空。周长江说马哥，求你了，帮帮我。马山说帮你什么？周长江说我现在很危险。有人开始杀人了。

马山说你知道有人被杀了？周长江说这么小的地方，能不知道吗？何况……马山说何况是李小萌。周长江苦笑说我和李小萌的事你是知道的，很多人都知道。那人杀了李小萌，下一个肯定想杀我。马山说你挺敏感的。周长江说人命关天，不提防不行。马山说你想要我怎么样？周长江说我想请你保护我，专门跟着我，每天一百元，直到抓到凶手为止。马山说就是说你想请我做你保镖？周长江说可以这么说。马山说每天一百元，凶手要是十年抓不到呢，你怎么办？周长江说不会的。马山说不会？这个案子是我负责的，我爱办多久就多久。周长江双手抱拳，说哎哟马哥，求你了。以前我有什么对不起你的地方，请你原谅。马山说好吧，我尽能力帮你，但是你不要用钱请我。有钱你留着给那个要杀你的人，他用刀抵着你心口的时候，当面给他，求他不要杀你。只怕他不稀罕钱，像我一样。周长江说好马哥，我服了你了。

这个时候，马山的 BP 机响了。周长江迅速递上大哥大，马山想起以前跟周长江借大哥大借不到，现在正好相反，不由一笑。但他还是接过大哥大。是所长韦解放呼他。韦解放说你赶紧回派出所，有事。

马山转身回走，周长江紧跟着。马山说你跟我干什么？周长江说从现在起我哪也不敢去，你到哪我到哪。马山说好吧，我还有些事要问你。

到派出所，韦解放说中午镇长请我们吃饭。

周长江说我也参加。我买单。

派出所干警除了值班人员之外，全都赴宴，加上黄杰、周长江。镇长李勇宁订了两桌酒席，全部坐满。他指定马山和他坐一桌。马山说领导坐领导坐。李镇长说你是功臣呀。韦解放说坐吧，没有几个领导，坐得下。马山就依了。周长江从另一桌过来，对李镇长耳语说由我买单。李镇长点头，说那你也坐这吧。周长江便坐下不走了。李镇长端起酒杯，还站起来，说同志们，我代表镇党委和政府，祝贺我们西门镇派出所光荣评上县公安局先进集体，祝贺马山同志评上先进个人，为了荣誉，干杯！

干杯！

马山喝了一杯酒后，又敬了李镇长一杯，就不喝了，谁敬都不喝。他说我正在办案，不能喝，敬酒的人就不勉强他，都说你随意，我喝完。因为他们都知道马山说的案指的是李小萌被杀事件。

但酒桌上谁也不提李小萌，仿佛李小萌之死不足为奇，可事实上这起杀人案非常新奇，它的特别之处在于凶手的留言——杀人者武松！尽管这是对八百多年前英雄武松或当下火爆的电视连续剧《水浒传》里演员的模仿。有人把李小萌杀了，居然以英雄自居，你说奇不奇？李小萌是漂亮风骚的女人，这是有目共睹的事实，可人家舞跳得好，歌唱得更好，西门镇每年组织节目搞晚会和到县里参加会演，哪一次不是李小萌一手操办？这也是事实。她是西门镇的美人、名人，她活着的时候人们经常在背后议论她以及和她相关的男人，捕捉她的风流韵事并加以传播。但如今这位美人、名人死了，人们的反应竟十分淡漠，就好像死了一个普通的老太婆一样。也许是因为周长江在场，他是明目张胆和李小萌通奸的人，是第1号西门庆。凶手如果继续杀人的话下一个目标肯定是周长江。所以周长江一反常态像跟屁虫一样跟着马山，聪明的警察们的言谈非常谨慎，连镇长也保持沉默。再说这顿宴席虽然是以镇府的名义请客，但买单的是周长江，谁还会提李小萌呢。

宴席到下午快上班的时间才结束。人疏散的时候，所长韦解放单独把马山叫到僻静处，说马山，有人想跟我们派出所借把枪。

马山说谁？

李镇长，韦解放说，你知道就行了。

他为什么要借枪？

这还不明白？韦解放说，防身呗。

马山说他知道有人要杀他？

韦解放说这还不是你推理的吗？你说凶手杀了李小萌，肯定还要再杀人。所以镇长才不得不借枪以防万一。

马山说可是枪是不能借的呀。

韦解放说他是镇长。暂时借给他，等凶手抓到了就要回来。

马山说我们派个警察跟着他不是更好吗？再说李镇长不一定很危险，因为他不像周长江那么明目张胆，连我都不知道，现在你说了我才知道。最危险的是周长江。

有备无患，韦解放说。正因为知道李小萌和李镇长的关系的人少，所以派个警察保护他不是此地无银三百两吗？还是借把枪妥当些。

马山说既然是领导说借就借吧。

韦解放说那你把你的枪借给他。因为这事知道的人越少越好。

马山断然说不行！

韦解放说借枪这件事我负责，你放心。

马山说不行呀，所长。

为什么不行？韦解放说。

马山这时候就想说我的枪已经丢了好多天了，因为我以为我能把枪找回来，主要因为要评先进，我怕影响集体评先进才没有说。但是马山又想如果这时候这么说，事情不是搞乱了吗？李小萌的案子还没破，又再添一起事件，一时扯不清楚，不要说李小萌的案子破不了，恐怕枪也找不回来。丢枪的事还是等李小萌的案子破了再说吧。

韦解放见马山缄口不语，不知道他在想事，以为是用沉默方式坚定地拒绝，就说那好吧，我把我的枪借给他。韦解放显得很不高兴。

马山想我的枪如果不丢的话，我肯定只得借出去，借给镇长了。

那几天里，周长江和马山可谓是形影不离。马山走到哪，周长江果然跟到哪，像一条奴颜婢膝的狗。有一次去饭店吃饭，马山上厕所，周长江也跟着去。两人站在那里，马山酣畅淋漓，而周长江引而不发，像患了性病，事实上他没有尿。马山说你怕死怕到这个地步？周长江说生活好了，当然怕死。马山说你坏事做得太多，所以有人才要杀你。周长江说通奸又不犯法。马山说除了通奸，你还干别的坏事没有？周长江说没有。马山盯着周长江，说你敢说没有？周长江说你说我干什么嘛？马山说造假烟你承认不承认？他拉上裤子拉链，说你不承认我撇开你不管，让你送死。周长江连忙说马哥，你圣明。可造假烟实在不能算是什么坏事，相反是对地方经济的一种贡献。你想想，县里镇里号召农民大量种烟，可烟叶种出来又卖不出去，如果我们不收买的话。我们卷的烟不假，只是牌子是假的。但如果我们不冒牌，生产的卷烟如何销得出去？马山说立刻停手吧，否则马上就捣毁你们的假烟加工厂。周长江惊疑地说不会吧？马山说不会？为什么不会？周长江说我们可是照章纳税的，西门镇、东门镇、北山乡都来跟我们收钱，没有哪一次我们不给。把我们收拾了，对农民利益有什么好处，对地方财政有什么好处？马山说我妹夫梁青天跟你们干什么？周长江说他主要负责生产，我负责销售。马山说田肖人呢？周长江说他负责联络、保护。马山说田肖人是什么人？周长江说你不懂呀？他是田副县长的儿子。马山说你相信田副县长的儿子就能一手遮天吗？周长江说我不知道，反正天塌下来由他顶着，我们只是小工头而已。马山说你们要干你们干，别拉拢我妹夫了。周长江说这可由不得我，马哥，他不是小孩。马山说你不想找死就听我的话，都别干了。周长江说过了这难再说吧。两人在厕所里待了半天，像同时吃了什么馊菜拉痢不止一样。

到了晚上，马山回家，周长江也跟着。马山只好把女儿叫过来同床，腾出房间给周长江睡。妻子韩芸见西门镇的富翁跟丈夫这么亲密，觉得荣幸又觉得奇怪。掩门睡觉的时候，她问丈夫说马山，你和他合伙在做什么生意？马山就把实情告诉妻子。韩芸说这种人你保护他做什么？死了可以净化社会风气。马山说有什么办法，只要法律不规定通奸像贩毒一样触犯刑律，我还得保护他。

第二天早上，临出门时周长江把一千元钱送给英英，说这是叔叔给你的压岁钱。英英说还没过年呢。韩芸说英英说得对，不过年这钱不能要。周长江说没关系，迟早一样。韩芸说你不图吉利我们还想图吉利呢,好像你不打算过年了似的。周长江一听,赶紧把钱收回,说过了年再给,再给。

终于马山忍不住说长江,你这样跟我太紧不行。凶手不会出现的。你要跟我保持距离,单独活动,把凶手引出来。我暗中保护你。

周长江一听,说马哥,我给你跪下了,求你千万别让我这样。你想别的办法吧。

马山说除了这样,没别的办法。我还有更重要的事要办。凶手不出来,案子不破,我就做不了别的事。冒一次险吧,离我远点,我保证你死不了。

周长江坚决不答应。他咬住马山不放,像一只蚂蟥。

这样到了农历十二月二十七。

下午快下班的时候,马山坐在派出所里,听黄杰诉苦。他说我原定明天跟老婆回她家过年的。老婆是省城的人哪,下嫁给我这个在县里当警察的。大年三十要是不陪她回去跟她父母过,真对不起她。其实这个案有你马山老弟就够了。你破案的水平是拔尖的,用不着我留在这里督什么查。你破不了的案,我也破不了。马山说哪里的话,你是县局的，我是协助你。黄杰说其实如果不是考虑你妻子难调动的话，你早已是县局的人了。马山说不不，我在这里挺好。黄杰说这样守株待兔不是办法啊，我要过年。马山瞥了一眼在派出所围墙内踱步的周长江，巴不得把他推出去。狼什么时候开始对猎人有恃无恐了？他想。

这时，有电话来，找马山。

马山说是我。

我是何树强。对方说。

树强，有什么事？马山问战友。

请你放开周长江，让他离你远点！何树强说。

为什么？

我要让他死。

为什么？

难道你觉得这种人不该死吗？你那么寸步不离地保护他做什么？

李小萌是不是你杀的？马山忽然醒悟般警觉地问。

是的，那淫妇是我杀的。何树强说。

为什么？

李小萌是什么货色，还用问我为什么？

树强你好糊涂，马山说，自首吧。

我会自首的，何树强说，但要杀了周长江以后。

马山说不行，你不能再杀人。

我要杀，何树强说，杀一个是杀，杀两个也是杀。你放开他，杀了他我就自首。

不行，我不会让你得手的。

你为什么要护他，他给了你什么好处？

这不是给不给好处的问题，马山说，他是公民，而我是警察。

何树强说我再问你，你放不放？

马山说不放，你自首吧。

何树强说那我只好当你的面，把他打死。除非他不再跟你在一起，否则我让他吃子弹。

马山说你有枪？

何树强说是的，而且是你的枪。

马山如雷轰顶，说想不到竟然是你？

何树强说马山对不起，我并不愿这么做，但我确实需要。

马山说告诉我是怎么回事！

何树强说你妹妹婚宴那天，我趁你喝醉的时候摸走的。

说下去。

我想杀李小萌和周长江，怕刀杀不死，就用枪干掉他们，然后不自首的话就用枪自杀。

难道你不考虑这么做把我给坑害了吗？

对不起，马山，因为要枪的话只有从你身上才能搞到。

因为我是你的战友？

是的，因为你对我不设防。

我现在对你同样不设防，你来自首吧，带着枪来。

不，你带人来抓我吧，何树强说，我现在就在你附近，派出所对面的粉摊边。不，我回修理店等你吧。

放下电话，马山看着在一旁拭目以待的黄杰，说你看好周长江，别让他离开派出所半步，我出去一会儿就回。

黄杰说不行，你不能一个人去！

马山说我是去带他来自首的，去的人多，就不是自首了。我的战友本质上不是恶人，他曾经为国奉献出了一个男人身上最宝贵的东西，是地雷把它炸掉的，独独炸掉他那个东西。所以他最恨有的人荒淫无度并耻笑他，这便是他要杀掉李小萌和周长江的原因。给他个机会自首,兴许能判个死缓也好。

黄杰说那你去吧,请千万要小心。

马山来到“自强”摩托车修理店,何树强果然敞开店门等着。战友见了战友,两眼泪汪汪。何树强说你为什么只一个人来?马山说难道我应该带很多人来吗?我一个人来,可以说你是自首。何树强说说我自首,我就死不了了。马山说是的。何树强说你以为我还想活是不是?马山一惊,说我这么做不对吗?何树强说你说我这种人活着还有什么意义?你宁可不让我死,而让我在监狱里煎熬下去?!马山说在监狱里,至少你再也看不到外面的人花天酒地和荒淫无度,这样你反而心静神宁,像寺庙里的和尚,将来死后灵魂可以超度。永生的其实是你。何树强说别安慰我!他忽然掏出枪来,指着马山的额头。马山瞪眼一看,果然是自己丢失的手枪。我抢了你的枪,把你当人质,何树强说,这样死有余辜了吧?马山说可以,如果原来谁也不知道这把枪丢了的话。可是枪丢的第二天,我就跟上级机关报告了。何树强立即掉转枪口指着自己的太阳穴,说这是最好的解决办法。马山说可是你用这把枪自杀,你死了,我一样会受连累,因为这是我丢失的那把枪。何树强说这我就管不了那么多了。他欲扣动扳机。马山说你等等!我有个办法。何树强说说吧。马山说我现在身上带着一把,不如换你手上这把吧,算是你抢的,拿我当人质也行,自杀也行,都很可信。何树强一听,想想有道理,说你先拿来。马山就拔出身上的枪给何树强。何树强左手拿过手枪顶着自己的左太阳穴,才把顶着右太阳穴的右手手枪轻轻屈身放在地上。马山说现在你开枪吧,或者用枪指着我。

何树强选择了开枪。他闭上眼睛的同时,扣动了扳机。

然后,马山说树强,别琢磨枪为什么打不响了,因为这是仿真的玩具手枪,是我在年货市场花十块钱买来的。

此时,马山已把何树强弃在地上的枪捡到手上,并插入枪套里。丢失了整整二十五天的五四手枪物归原主,像一名失踪多日的亲生骨肉,又回到望眼欲穿的亲人怀抱和温馨幸福的家中。

何树强说我现在明白了,为什么在战场上我们这些战友死的死,伤的伤,而子弹偏偏打不中你,地雷偏偏炸不着你,这都是因为你太机灵了,比谁都机灵。

这也是我当了十一年警察,依然还是警察的原因。马山说。

何树强说我认为主要的原因是——他环顾即将离开的摩托车修理店，说是因为这个店。你帮助我搞起这个店，很多人都以为真正的老板是你，而我不过是店小二。

马山说也许吧。

何树强说现在就让它既成事实吧，我坐牢了，这个店全归你。

马山说那我要不当警察才行。

春节一过，马山丢枪的报告呈送到县公安局。报告详尽地交代了丢枪的原因和经过以及又是如何失而复得的，并包括了对这起事件的深刻认识和检讨。它摆在头一天上班的公安局局长樊家智的案头。局长看完，然后在上面批示道：

鉴于枪已找回，未造成恶果（何树强并未用此枪杀人），因此，建议对西门镇派出所领导和当事人马山不做党纪政纪处分，但是分别取消西门镇派出所和马山1997年度县公安局先进集体和先进个人称号，收回牌匾、证书和奖金！

报政法委书记潘宏益审决。

县政法委书记潘宏益批示：同意。

政令一下，西门镇派出所群警大哗，像被宣布高考成绩作废的班级和学生。收回牌匾、证书不要紧，但收回奖金真要命，因为奖金已经分光，最主要是已经花光。多年来极少有的一次高额（2000元）奖金分配，哪个干警不是在春节前或买了大件，或孝敬了妻子呢？这样出去的，又如何能要得回来？

所长韦解放又打报告又打电话。他在电话里对局长樊家智说樊局长，你开除我的党籍或者免了我的所长职务吧，但是别把奖金收回去！樊的回答斩钉截铁：不行！

于是，马山在干警中无地自容，像水缸里的一只青蛙。

终于他跳了出去，把周长江连请带拖带到“自强”摩托车修理店，说你把它买下来。

周长江说不买，仇人的东西我不买。

马山说我是你仇人吗？

周长江说你不是,何树强是。

马山说这个店是我的。

周长江说是你的？我不信。

马山说你买不买?

买怎么样？不买又怎么样？周长江说,他的意思是要杀他的人已经抓到了,他还怕谁?

马山说你买,何树强会老实和永远在牢里待着。不买,何树强会马上越狱,你知不知道警察看管犯人并不都是万无一失,尤其何树强现在还关押在离西门镇不远的某个地方,那里的门窗并不太稳固。

周长江一听,说我买,我买。

马山说这个店值三万三千元。

当马山把三万三千元钱拿到派出所,像交一个班级的答卷交给所长韦解放时,韦解放说你是怎么弄到这笔钱的?

马山说我把摩托车修理店卖了。

韦解放说我就说嘛,那个店其实是你开的,有人还不信。

马山说现在卖了,谁还说那个店是我的?

韦解放说马山，想不到这件事让你付出这么高昂的代价。

就等于去饭店吃饭，图一时痛快，点上熊掌和人头马而又看错了小数点，又被狠狠宰了一次。马山说。

韦五宽的警察梦

一

韦五宽趴在青秀山的一个坡坎上，双手端着俄式高倍望远镜，注视着依山傍水的一栋豪华住宅，像一名探望敌营的侦察员。蚊虫像南非的呼呼塞拉震荡着他的耳膜，并在他的皮肉上创造数不清的血肿。他聒噪欲聋，奇痒无比，但是他严肃安静，一动不动。除了风吹草动，他没有让山坡产生任何异动。甚至吃喝拉撒，他也别有用心地进行，像四只脚的动物一样，没有过直立的时候。

他这样，已经在这里，足足守望有半个月了。

光火叔叔隔一天来看望他一次，顺便给他带吃的和喝的。说是看望，其实是来检查他的工作，听取他观测庭院里豪宅情况的汇报。光火叔叔是一名警察，一名便衣警察。一个月前，韦五宽从都安农村来到南宁，投奔光火叔叔，请光火叔叔帮忙找个工做。他在一幢民楼的小房间里见到从未谋面的光火叔叔，说他是上岭村韦光金的小儿子，叫韦五宽。光火叔叔当时正在换装准备出门，见到老家来人，而且是发小韦光金的儿子，十分高兴。他取消当晚的行动计划，用心地接待韦五宽。当得知韦五宽的来意后，光火叔叔说你来得正好，那就跟着我干吧。韦五宽不知道要跟着光火叔叔干什么，也不知道光火叔叔是干什么的，就问。光火叔叔说我是干什么的，你不晓得吧？韦五宽摇摇头，说我们村的人都不晓得。光火叔叔说那说明我的保密工作做得好。我的工作很特殊，不能让一般人晓得，当然也不能让村里的人晓得，这就是我二十多年不回家乡的原因。到底是什么特殊的工作呢？既然我决定让你跟我干了，就告诉你吧。光火叔叔憋了好一会儿，像是怕说出来会犯错误似的，考虑来考虑去才说：我是名警察。

韦五宽十分惊愕，看着平民装束的光火叔叔，又看看他杂乱、污浊的房间，无法把眼前的光火叔叔跟警察联系在一起。光火叔叔看出韦五宽的疑惑，进一步解释说，不过，我是一名便衣警察。便衣警察懂吧？就是不穿警服的警察。警察为什么不穿警服？因为我这种警察情况特殊，要监视罪犯，跟踪罪犯，甚至要打入罪犯的内部，叫卧底，是不能穿警服的，穿警服不就暴露了吗？韦五宽点头，表示明白了。但另一个疑虑又来了，韦五宽说光火叔叔，可我不是警察，跟你干警察的工作合适吗？光火叔叔说你先做我的线人。线人懂吗？就是给警察提供情报。你现在是协助我做警察的工作，也可以叫协警。协警是不算正式警察的，但是如果你干得好，能立功，我打报告向组织申请，是可以转为正式警察的。你想当警察吗？韦五宽点头。光火叔叔说那就好。我干这行也快三十年了，老了，也该培养接班人了。接班人当然得找信得过的人。信得过的人有谁？当然是亲戚老乡啦。我和你爸虽然不是亲兄弟，你虽然不是我亲侄子，但亲不亲，故乡人嘛。我不培养你培养谁？希望你好好跟我干，接我的班。我看你聪明伶俐，能在茫茫人海中找到我，说明你机灵，有当警察的素质。

光火叔叔边说边重新端详韦五宽,你是怎么找到我这儿的?韦五宽听光火叔叔这么一问,眼泪吧嗒吧嗒地往下掉,说:光火叔叔,我可找到你了!光火叔叔看见韦五宽的泪流得酸楚,就知道韦五宽找到他很不容易。他轻轻摸了摸韦五宽憨厚、悲伤的脸,说:好了,从现在开始,你再也不用担心没人罩你了。

韦五宽对光火叔叔是一名警察这一点毫不怀疑。他虽然没看见光火叔叔穿过警服,但是他看见他有枪。光火叔叔的手枪并不是带在身上。韦五宽是从床下的编织袋里看见那把枪的。半个月前,韦五宽第一次要跟光火叔叔执行任务的那天,光火叔叔从床底下拖出一个编织袋,然后打开编织袋。韦五宽看见编织袋里有很多手机、手表和首饰,光火叔叔的手拨开这些手机、手表和首饰,像扦地一样往下挖。一把手枪就在光火叔叔挖掘的过程中露了出来。但光火叔叔显然不是为了找枪,因为他把枪也拨开了,继续往下挖。末了,光火叔叔从编织袋里找出一副望远镜,递给韦五宽,并教他怎么使用。韦五宽在学习使用望远镜的过程中,眼睛不时朝编织袋里瞄,这引起了光火叔叔的警觉。光火叔叔从编织袋里把那把枪掏出来,枪口指着韦五宽,说韦五宽,你听好了,你绝对不能碰这把枪,因为第一,你还不是警察,没资格碰它。第二,我是警察,警察有五条禁令,其中一条是不能让不是警察的人碰警察的枪,如果让你碰了,那我就是违反禁令,要受处分的。第三,如果你碰了它,万一走火,那是要出人命的! 光火叔叔对韦五宽的警告十分严厉,让韦五宽对光火叔叔和他的枪产生了敬畏。是警察就一定爱护自己的枪的,韦五宽想。

现在是下午六点,光火叔叔来了。也许是光火叔叔训练有素,也许是韦五宽过于专注观察的缘故,光火叔叔来得悄无声息。韦五宽手上的望远镜被另一只手扯开,他才发现光火叔叔来了。

好了,你观察前面这栋楼已经有两个星期了,光火叔叔指着不远处临山而立的高楼说,该是有结论的时候了。

韦五宽于是掏出一个本子,翻到最后有文字记录和图画的一页,胸有成竹地说现在可以确定的是,这栋楼里,星期一到星期四没人,星期五晚上到星期天住人的,有六户人家。韦五宽一一指着页面上的图画标记,向光火叔叔说明。

你确定? 光火叔叔说。

韦五宽点头。我只是不懂，他说，为什么这六户人家，星期一到星期四不来住，星期五晚上到星期天才住人呢？

光火叔叔打开他带来的塑料袋，亲自从袋子里拿出一只鸡腿，递给韦五宽。韦五宽接过鸡腿，却不吃。他看着光火叔叔，等着经验丰富的光火叔叔答疑解惑。

你先把鸡腿吃了，这是对你的奖赏。光火叔叔说。

韦五宽高兴地把鸡腿吃了。

现在我来告诉你为什么吧，光火叔叔说，他指点图画上特别标记的六户人家。这六套房，是外地人在南宁买的房子。就是说，房子的主人不在南宁上班，在外地上班，市里面县里面上班，周末才回来住。那么，这些在市里县里上班却在南宁买房的，是什么人呢？光火叔叔的目光从图纸上移向楼房。这可是南宁最贵的楼盘，每平方米要一万块以上，我算它一套一百四十平方米吧，那就是一百四十万，起码。买得起这么贵房子的人能是什么人？光火叔叔闭上嘴，沉默了一会儿，然后又狠狠地吐出四个字：腐败分子！

韦五宽心里一振，他终于知道他这么多天监视的目标和对象，是腐败分子。目标和对象的明确，顿时让韦五宽觉得他这么多天的辛苦潜伏有了价值和意义。这么重要的任务,居然是由一个还不是警察的我来具体执行的,当然,是在警察光火叔叔的指导下,韦五宽想,但不管怎么说,这真是一项光荣的任务啊!

两道光芒从韦五宽的眼睛里喷薄而出,投射到光火叔叔身上。光火叔叔,韦五宽说,下一个任务是什么?请给我下命令吧!

今天是礼拜一?光火叔叔说。

是的。

光火叔叔看了看天色,看看韦五宽的黑眼圈,说你先回去睡一觉吧,更艰巨的任务还在后头呢。

二

韦五宽对光火叔叔的开锁技术佩服得五体投地。那么高级的两道门锁,光火叔叔用时不到一分钟就全部打开了,而且开锁的工具就是一根针和一枚小刀片。只见小刀片往锁孔里一插,接着针往孔里一捅,再轻轻旋转刀片,门锁就开了。韦五宽心想,原来以为只有电影里的特工和神偷才有这个本领,想不到现实中也能目睹。光火叔叔绝对是一个本领超强的警察啊!

他们现在进入的门户是欧景庭园D栋1801,按照光火叔叔的判断和分析,这是腐败分子的住所,具体地说,是在外地的市县上班的腐败分子,因为他们在首府南宁买得起南宁最贵的房子。这些腐败分子只在周末回来享受,而星期一则回异地的单位继续腐败。他们在南宁的住宅,在工作日是空的和黑的,只有在周末才亮起来。如此说来,D栋的外地腐败分子就有六个,或者说六窝。如果光火叔叔的判断和分析准确的话,那么韦五宽就功不可没——十五天来,他夜以继日的潜伏观察,就不会一无所获。他们现在正进入的是腐败分子们的其中一处住所,按照光火叔叔的说法,是进去搜查腐败分子的犯罪证据。

当然,光火叔叔还不能暴露警察的身份,在没有掌握腐败分子确凿的犯罪证据之前,暗中搜查是唯一的选择。对光火叔叔的这一解释,韦五宽同样深信不疑。

所以,刚才韦五宽和光火叔叔进欧景庭园的时候,是不能光明磊落或名正言顺地进来的。

他们得打扮成有钱人,非常有钱的人。这对特殊警察的光火叔叔一点也不难。光火叔叔本来就有点胖，显得富态，吊带裤一穿，头发一抹油，小指粗的金项链（光火叔叔说是假的）一挂，活脱脱一个大富翁。那么韦五宽呢？就装扮成大富翁的马仔，拎黑皮包的。富翁的马仔也得有模有样，为此光火叔叔特地为韦五宽买了一套西装，一双皮鞋，一副墨镜——这些东西一上身，韦五宽从橱窗的玻璃上都不认识自己了！

好了，他们可以进欧景庭园了。

光火叔叔走在前面，韦五宽拎着皮包跟后。光火叔叔一面走一面打着电话：什么？一百万？一百万也要请示我！以后五百万以下都不要请示我！直接找吴副总签就可以了！我现在？我在欧景庭园！找谁？这是你问的吗？不啰唆了，我挂了！

在光火叔叔打电话时候，他们大摇大摆地经过保安的面前，轻松地进入了欧景庭园。

韦五宽真是服了光火叔叔了。

现在，他们已经在腐败分子的住所里了。1801，很吉利的数字。但是由于光火叔叔和韦五宽的进来，恐怕就不吉利了。因为，我们是为搜查腐败分子的犯罪证据而来，为正义公平而来，韦五宽心想，如果说有利的话，那只能是对国有利，对民有利。

这是一套多么宽敞、豪华的房子啊！韦五宽只瞄一眼，就有了这样的感叹。光客厅就有半个排球场那么大了，而且楼中还有楼。另外，房子的装潢肯定和房子一样贵，因为房顶和四周都是金碧辉煌的，韦五宽心想，这绝对是一个大腐败分子的家。他瞠目结舌，并呆呆怯怯地站着，不敢再往里走。光火叔叔回头招呼说跟上来。韦五宽还是不动。光火叔叔就说怕什么？哪有好人怕坏人的？只有坏人怕好人。这是腐败分子的家，罪犯的家。他指指自己，我是警察，他指指韦五宽，你，是好人，将来也要成为警察，懂吗？跟我来。

韦五宽受到光火叔叔的鼓励，勇敢了起来。他像光火叔叔一样，换上房主的拖鞋，然后亦步亦趋跟随光火叔叔，开始搜查。

他们逐个房间地搜索。光火叔叔戴着手套，也让韦五宽戴着手套。光火叔叔戴着手套的手把每个屋值钱的东西都拿捏了一个遍，但能让他收入囊中的寥寥无几，因为值钱的东西普遍都很大很重，比如说那些玉吧，最小的玉石也有五十斤重。拿不了。又比如那些古董那些画,不是太高,就是太宽太长。也拿不了。再比如满满一个储藏室里的酒,少说也有一千瓶!能拿几瓶?光火叔叔尽管看待这些东西都两眼放光,爱不释手,但最终也只能舍弃了。韦五宽看见光火叔叔放入囊中的几个物件,是佛龛上的一尊小金佛(少说也有一斤),一对手捻葫芦,仅此而已。

但光火叔叔没有罢手。他继续查找。在书房的书柜里面,他终于发现了一只保险柜。

硕大的保险柜像一块坚硬的金刚石,让光火叔叔兴奋,也让光火叔叔感到棘手。光火叔叔再有能耐,也破获不了保险柜的密码。他转动保险柜的旋钮,耳朵贴到旋钮上,数十分钟接连试了十多次,也没能打开保险柜的门。

软的不行,只好来硬的了。只见光火叔叔从皮包里拿出一个凿子,一把锤子,看来是要把保险柜的门凿开。原来他早有第二手准备。韦五宽开始纳闷了,一个警察怎么能蛮横地破坏别人的财物呢?就算这是腐败分子的财物,在没有最后确定之前,强行打开还是不好吧?万一保险柜里什么罪证也没有呢?韦五宽正想着,光火叔叔叫他到卧室去取一床棉被来。韦五宽去取来了棉被。光火叔叔用棉被把保险柜罩住，然后他口含一只小电筒，拎着凿子、锤子，钻到了棉被下面。

光火叔叔在被子下面抖动了起来。敲打、开凿的声音因为有被子的阻隔，基本上都消化在被子底下了，只有深沉的声震传到韦五宽的耳朵里，像来自远方的闷雷。光火叔叔的举动已经不符合警察的身份了，倒有点像贼。

但光火叔叔是贼的念头，在保险柜被凿开后，就从韦五宽的脑子里打消了，或者说再也没有了。

保险柜里什么都有——现金、金条、金表、金链、存折、银行卡，在光火叔叔的拨拉下，哗啦哗啦地冒出来，落在地板上，成堆。韦五宽不想用山来形容这堆金钱，因为它比山还是太小了。他是从山里来的，知道山是什么样子。用坟墓来形容这堆金钱是比较准确的，韦五宽想，而且，拥有这么多金钱的人，离坟墓其实也不远了。用光火叔叔后面的话说，这样一个大贪官，足可以判两回死刑了。

光火叔叔还说，这就是腐败分子腐败的罪证。

接下来就是要收集这些罪证。韦五宽拎来的手包，只能装得下一丁点，余下的好多，则由光火叔叔从其他房间找来一个行李箱，踏踏实实地装了进去。

罪证都收集干净了，光火叔叔却不急着离开。他好像很累的样子，一屁股坐在装金装钱的箱子上，大口地呼气吸气。他的确是累了，应该累了，五十多岁的年纪，凿开那么坚固的保险柜，不累才怪。

韦五宽能照顾光火叔叔的，就是从冰箱里拿饮料给他喝。当然韦五宽自己也喝。但韦五宽喝饮料不是因为渴，而是因为兴奋。第一次跟当警察的光火叔叔来执行搜查任务，就锁定了这么大的一条鱼，这鱼已经落在法网里，只差没有收网，跑不了了。一个从农村进城找工作的农民，头一份工作就当上了协警。韦五宽觉得自己真是幸运啊。人在欢乐的时候，不是都想喝点什么嘛。他连喝了几听可口可乐，比光火叔叔喝得都急，都多。

但光火叔叔却把韦五宽的兴奋误以为是紧张了。他安慰韦五宽说，你不用害怕，这家人没有那么快回来的。他们要到礼拜五才回来呢，现在才礼拜一。急什么？不急。光火叔叔从行李箱上站起来，空手独步走出书房。他在楼下楼上几个卧房、洗浴间看了看，回头对韦五宽说，今晚我们就住这了。

韦五宽当然不能说什么，他只有听光火叔叔的。

他们分别舒舒服服洗了一个澡。这是当务之急。韦五宽自从来跟光火叔叔后，就没有像样地洗过澡。光火叔叔的居住条件太差了，就一个小房间，还是租的。拉屎撒尿还要到别处去。房东提供给所有房客共用的一个厕所兼浴室，经常排队不说，因为有的房客素质不高，用后不冲洗，实在太不清洁卫生了。现如今的条件可不一样，真正叫卫生间，宽敞不用说了，铺垫、洗漱用具整洁干净、齐全、高级，韦五宽看了半天才把器具的功能弄清楚，又洗了半天才把自己搞干净。

光火叔叔和韦五宽换上的都是房子主人的衣服。虽然是坏人的衣服，但穿起来好看和舒服极了。韦五宽开始还不肯穿，光火叔叔强加他穿，他就穿了。光火叔叔说，穿上坏人的衣服，不等于就是坏人，就像我通常不穿警察的衣服，不等于我不是警察一样。

洗澡穿衣停当，他们开始找吃的和弄吃的。光火叔叔从冰箱里选了一些食物，炒煮成四菜一汤。他一面弄菜一面吩咐韦五宽去储藏室拿酒。

韦五宽看着满满一个储藏室里五花八门名目繁多的酒，不知拿什么酒好。他走回来问光火叔叔。光火叔叔说这还用问,当然拿茅台啦。韦五宽说拿几瓶?光火叔叔不假思索地说两瓶。

叔侄俩开始吃喝。

韦五宽开始是不喝酒的,只吃菜。光火叔叔问你为什么不喝?韦五宽说不能喝。

不能喝?我们山里人哪有不能喝酒的?不喝酒算什么山里人?喝!

我喝酒出过事。韦五宽说。

在光火叔叔一再逼问下,韦五宽说了他喝酒出过的事故——

那是半年前,韦五宽去三并村的大姐夫家吃喜酒。他大姐在四十岁的时候,终于给大姐夫生了儿子了。大姐夫很高兴,在儿子满月那天请酒。韦五宽代表外家去了。韦五宽到大姐夫家的时候,酒筵已经开始了。韦五宽一到,就被三并村的人灌酒,一碗接一碗地灌。韦五宽是很能喝酒的,但是一个人怎么能拼得过一个村的人呢?韦五宽接受了五六碗后就拒绝不喝了。这时一个长者说,这样,我们选一个代表,和你一对一地喝,算是三并村和上岭村的比赛也行。韦五宽觉得这还算公平,就答应了。三并村选出的代表比韦五宽大不了几岁,体格却比他健壮了许多。韦五宽和这代表站在一起,就像是一只羊和一头牛。后来这代表喝死了,韦五宽才知道他的名字叫蒙家权。蒙家权根本不把韦五宽这个来自上岭村的小屁孩放在眼里,临开赛前还摸了摸韦五宽的头。老话说男忌摸头女忌摸腰。蒙家权这一带有欺辱性的动作刺激了韦五宽。韦五宽一句话不说,连摆十大碗,都倒满了酒,然后喝完一碗又端起另外一碗,既不等蒙家权,也不管蒙家权跟没跟得上,他自顾自地把十碗都喝完了。十碗酒喝完了,韦五宽还能站着,还能模糊地看见蒙家权在众人的吆喝下艰难地喝着不知是第几碗酒。不一会儿,只见蒙家权手里的酒碗咣当一声掉落地上,接着,蒙家权就像一根被砍断的树一样轰地倒下。韦五宽看见蒙家权倒下了,仍然坚持站着,他在心里数到十,像拳击赛裁判一样。他是数到十之后看见蒙家权并没有站起来,才倒下的。他倒下也是个获胜者。上岭村胜利了,因为他是为上岭村而战的。

韦五宽是被一盆冷水浇醒的。他还在大姐夫家里,但是气氛却和先前不一样了。所有的人都板着脸,像是和谁结怨似的。他发现自己浑身湿水,又看别人的脸色,立刻觉得可能跟自己有关。

果然，大姐夫捏着韦五宽的下巴，说你还活着，跟你赛酒的人死了。

三并村的人还算公正和宽宏大量，并没有把喝酒喝出人命的责任怪到韦五宽的头上。死者蒙家权的家属也没有怎么闹，让大姐夫出了棺材钱了事。

但是韦五宽却不能原谅自己，他觉得是他害死了蒙家权，准确地说是酒害死了蒙家权。他发誓再也不喝酒了。但是在农村，生活哪离开得了酒呢？连女人都喝酒。酒就像盐巴一样，顿顿都不能断。自从喝酒出事后，韦五宽每看见酒，心就打战。一打战就控制不住，就想喝酒。

可以说，韦五宽到南宁来，最主要的原因就是想离开因酒惹祸的山村，洗心革面，脱胎换骨，重新做人。

光火叔叔听了韦五宽喝酒事故的故事，笑了笑，不以为然地说这算什么事呀？没事。我也失手杀过人呢。光火叔叔见韦五宽吃惊，接着说，不过，我杀的是罪犯。这罪犯也该死，我只是没让他经过审判就崩了他，因为他掏枪想崩我，我反手夺枪不小心扣动扳机，就把人给打死了。属于防卫过当，受了点小处分。警局将错就错，假装把我开除了，实际是安排我做卧底。卧底知道吗？就是插到犯罪分子的内部，也假装是犯罪分子，搜集犯罪分子的犯罪证据。光火叔叔举起手，说多了啊，说你的事，酒的事。酒嘛，是要喝的。陪你光火叔叔喝。你既然跟着你光火叔叔干，就要听你叔叔的话。现在我叫你喝酒，喝！

韦五宽不得不喝酒了。

第一杯酒入嘴下肚，就有很美妙的感觉，自上而下，又由下而上，特别的顺，特别的爽。韦五宽感觉自己的肠胃和心头，蓦然地酣畅起来。他紧紧地闭住嘴，生怕那股酣畅漏出来，挥发掉。

好喝吧？光火叔叔说。

韦五宽点头。

没喝过吧？

韦五宽又点头。

光火叔叔诧异，说你喝过茅台？在哪喝的？

韦五宽摇头，说第一次。

来，干！光火叔叔又邀韦五宽干杯。

他们一杯接着一杯地干。大约每人喝了三两这样，话便多了起来。

我跟你说，五宽，光火叔叔望望附近装金和钱的箱子后说，我们叔侄俩这辈子能花完这箱子金和钱吗？

韦五宽想都不想，说花不完。

你原来打算这辈子挣多少钱够你花？

韦五宽说，十万吧，十万够了。但我想我这辈子哪能挣十万咯，挣不了。

光火叔叔说你看看那箱子里总共有多少钱？四五百万总有吧？还有金子，两三斤，值多少？几十万总有吧。统共就算五百万得了。行，我就分你十万！你看看，你一个晚上就挣了一辈子想挣还怕挣不到的钱，牛掰吧？

韦五宽一愣，然后一笑，说可惜这箱钱不是我们的。

不是我们的是谁的？光火叔叔说，现在就是我们的。

最后不是要交公嘛。

对，光火叔叔一拍脑袋，说喝糊涂了，要交公的。不过，我们是可以留用一部分的，做活动经费，政策，规定，允许。

是吗？韦五宽说，他觉得这政策规定好。

那不是吗，要不谁愿意干这行当呢？光火叔叔说，卧底是警察中最危险的行当，随时都要掉脑袋。他看着韦五宽,你怕吗?

韦五宽摇摇头,不怕。

好样的,喝!

韦五宽陪同光火叔叔喝了很多酒,一直喝到就地睡着。

第二天,肯定是光火叔叔先醒。而且,光火叔叔早就醒了。韦五宽醒来的时候,没有看见光火叔叔,楼上楼下都没见。韦五宽慌乱的时候,光火叔叔出现了。他是从外面回来的,拎着一个垃圾袋。光火叔叔为什么从外面把垃圾带进屋呢?就在韦五宽纳闷的时候,光火叔叔打开垃圾袋,倒出十几沓钱来。不容韦五宽发问,光火叔叔说我到另外没人的几家搜查了一下,起获了这些。看来,那几家加起来都没有这家腐败啊!光火叔叔说着拉过行李箱,打开,把十几沓钱捡起,一一往已满是金钱的箱子里塞。韦五宽说光火叔叔,你这样不怕乱吗?光火叔叔说乱什么?韦五宽说你把其他腐败分子的罪证笼统捞在一个箱子里,加在一个人身上,到时分不清楚怎么办?光火叔叔一愣,说哦,我心中有数。他忽然瞪着韦五宽,说韦五宽,以后不许你疑问你光火叔叔的所作所为,我闯荡社会几十年,经办大大小小的案子百好几，老练得很，不用你担心。你要真心实意跟着我干，就要一切听我的指挥！

韦五宽也一愣，说，我错了，光火叔叔。

光火叔叔看着乖巧的韦五宽，怜惜地摸了摸他的头，说看你的样子还没睡够，继续睡吧，到床上去睡，好好睡。今天才是星期二，我们就在这住到星期四去。到星期五早上都不要紧。睡醒了我们叔侄俩继续喝。那么多好酒，不喝白不喝。都是民脂民膏，权当我们代表老百姓均贫富了。

三

韦五宽猛醒过来，发现自己正在被人捆绑。他挣扎和反抗，但是已经没用了。捆绑他的绳子已经把他的手脚箍得紧绷绷的。他正要喊，嘴巴马上被塞进一条毛巾。他看见绑他的人相貌堂堂，一表人才，像是一个英雄。这英雄的旁边还有个像范冰冰一样的美女，她有些慌乱但却坚持做男人的帮手。韦五宽嘴里的毛巾就是她塞的。他没法喊叫光火叔叔，只有用眼睛去寻找。他看见光火叔叔跟他一样，被绑得严严实实的。但是光火叔叔头还歪着，眼睛闭着,还噗噗地打鼾,显然没醒过来。他醉得太厉害了。这几天来,不管白天黑夜,就是喝。储藏室里好几十种酒上千瓶,每一种都尝了个遍。光火叔叔每喝一杯酒,韦五宽都得陪喝一杯。千杯不醉,万杯肯定要醉的。喝一天不醉,喝两天难道还不醉吗?从星期二醉到星期四。哦不,今天肯定是星期五了!要不户主怎么回来了呢?

男人和美女绑定了韦五宽,坐下来。他们急促地呼气吸气,在平定惊恐的情绪和激烈的气力。然后他们看着眼前束手就擒的两个人,又面面相觑,都想从对方的眼神里知道这到底是怎么回事,或接下来怎么办。

只见男人搂过了美女,延长的手指在美女的胸边按动,像是弹奏手风琴似的。他像是拿定了主意,想好了该怎么办,主动安慰起惊魂未定的美女。

美女的身子不再打战。男人放开了她。他起立,走到光火叔叔的跟前,蹲下。他打了光火叔叔一记耳光,见光火叔叔没反应,再打。光火叔叔的呼噜停顿了一下,又响起。男人把视线转向了韦五宽。他果然朝韦五宽走过来了,顺手拖过一把椅子。他在韦五宽面前坐下。看来,他要重点审问韦五宽了。

小伙子，我警告你，你不要喊，老老实实回答我的问题，不然我对你不客气！男人说，在看到韦五宽点头后，他扯出了韦五宽嘴里的毛巾。

现在我问你，第一个问题，男人说，你们是怎么想到偷到我家来的？

因为你是腐败分子。韦五宽说。

男人一惊，说说我是腐败分子，有什么证据？

韦五宽朝饭桌底下努努嘴，说那一大箱子的钱和金子就是证据。

男人这才发现饭桌下的箱子。他去把箱子拉出，打开，傻眼了。呆了一会儿，他把箱子关上，提着箱子乱窜，像是要找地方把箱子藏起来。保险柜已经被破坏掉了，就没有安全的地方了。

男人气愤地回到韦五宽跟前，扬手要打韦五宽，见韦五宽勇敢主动地昂起脸，手就停在了半空。他把手收回去，眼珠上下左右转，像是思索和琢磨什么。只见他摇摇头，看来他有很多问题没想明白。

那么，你们进我家来，都偷得这么多钱了，为什么不赶紧跑？男人说，难道你们不怕我突然回来把你们抓住？

韦五宽说我们不是偷。

男人一愣，然后开心地笑了笑，说你们不是偷？那你说你们是干什么的？你们到我家来，撬我的保险柜，收我的钱，还喝我的酒，你们胆大包天干这些不是偷？对，不是偷。是强盗！

我们不是强盗！

不是偷，也不是强盗，你说是什么吧？

我们是……韦五宽欲言又止，他在犹豫，在迟疑，要不要把真实身份告知这位诬蔑光火叔叔和他的腐败分子呢？

是什么？男人逼问。

看来非说不可了。我们……

韦五宽！

光火叔叔一声断喝。

男人和韦五宽都朝光火叔叔看去。他醒了，而且坐了起来。

我来和你谈。光火叔叔对男人说。

男人走到光火叔叔身旁。说吧。

我们需要单独谈。

单独？男人看了看韦五宽，对光火叔叔说你们不是一伙的吗？

光火叔叔说，单独谈，对你没坏处。

男人看了光火叔叔一会儿，又想了想。

如果你不想把事情弄得更糟的话，单独谈最好。光火叔叔补充说。

好吧。男人说，他像是想明白了什么。我们到楼上去。

男人把光火叔叔扯起来，带往楼上。他边走边示意沙发上的美女看好韦五宽。而光火叔叔也严令韦五宽不要乱说话，要守纪律。

现在，楼下就剩下韦五宽和美女两个人了。

尽管韦五宽被绑着，美女还是有些害怕。她跑进厨房拿了一把刀，握在手上，警告韦五宽说你可别乱动哦。

韦五宽不动，也没法动。倒是后来美女坐不住了，她慢慢地靠近韦五宽，打量他。

你叫什么？

韦五宽。韦五宽想这是可以说的。

哪的人？

河池都安。韦五宽想这没什么不可以说的。

都安？你是都安人？美女眼睛瞪得很亮。

嗯。

那我们算是半个老乡呢。我也是河池的,不过不是都安,是宜州的。

我家离宜州很近,菁盛乡。

去过宜州吗?

没有。但我知道宜州是刘三姐的家乡。

也许是老乡的缘故,美女放松了戒备,她把刀放在脚边。

我看你挺老实的,为什么要干偷盗的事呢?美女说。

我说过我们不是偷,也不是强盗。

那你们是什么?

韦五宽没有回答。他记住光火叔叔的告诫,不能暴露真实身份,尤其不能暴露光火叔叔是警察卧底的身份。他现在只是一名协警,要想成为一名真正的警察,就得守纪律。

美女看见韦五宽的喉结在动,说你渴吗?见韦五宽点头,她去冰箱里找饮料。冰箱里一瓶饮料也没有了。美女就去厨房烧水,不一会拿了一杯水来,因为开水很烫,也因为韦五宽被绑着,没法喝。

我喝冷水,水龙头的水就行。

水龙头的水是生水,喝生水不好。

没关系的。

好吧。

美女重新去取了一杯水过来,喂韦五宽喝。

韦五宽喝着清凉的水,忽然闻到一股特别的香味,那是从美女的身上散发出来的,这香味像好酒一样让他着迷、陶醉,还有兴奋。再加上他见识了美女的容貌和身材,这是他亲眼见过的最漂亮动人的女人。这女人离他这么近,还给他水喝,喂他喝水。这水怎么越喝越热,越喝越渴?韦五宽觉得自己浑身就像被火烧一样,他所有的器官都膨胀了起来,特别是下面那玩意,嗖地勃了起来,像一根杵。不行,这样下去要丢人的。

你走开!韦五宽嘴拨开水杯,叫道。

美女没走。

走开啊!

美女看着韦五宽,忽然扑哧一笑,再咯咯地笑了很久。

还是童男子吧?美女不笑后说。

韦五宽没有回答。这也是要守的秘密和纪律之一,他自己制定的。

这房子是我的,美女说,我这是在我的家里。

你家的房子很脏,韦五宽说,用不干净的钱买的。

这房子是用我这张脸和身子换来的,美女说,很适合我。

它很快就不是你的了。

为什么?

你不懂吗?

你告诉我。

那你男人一定懂。

那个老男人是你什么人?你爸?

你不是那男人的老婆,不像。

怎么不像?你怎么看出来不像?

你的戒指还戴在小指上,说明还独身。但你又跟楼上那男人在一起,说明你是被包养的。这房子是那男人买给你的,用腐败的钱。对吧?

美女不说话,酝酿了一会,突然打了韦五宽一巴掌。然后她看着楼上,走到楼梯口,呼叫:黄大东!

韦五宽也看着楼上,心想光火叔叔和那叫黄大东的腐败分子怎么还不下来呀？他们到底在谈些什么？

光火叔叔和黄大东终于现身了。光火叔叔在前，黄大东在后，走下楼梯。韦五宽意外地发现光火叔叔已经没有被捆绑了，他已是自由之身。黄大东也是一脸的热情和蔼，像是送客的样子。

光火叔叔亲手解开捆绑韦五宽的绳索，把绳索扔到一边，然后说五宽，把那箱子和包提上，我们走。

韦五宽茫然看着光火叔叔，又看看腐败分子黄大东，不明白事情怎么会这样。光火叔叔怎么和腐败分子和解了？他暴露自己的身份了还是没暴露？带走腐败分子的钱，却不带走腐败分子？

别想了，走吧。快走。光火叔叔一边推动韦五宽一边说。

韦五宽拖拉着箱子，拎着皮包，跟着光火叔叔离开1801。男人黄大东和出身刘三姐家乡的美女眼睁睁地看着他们和装满金钱的箱包，距离越来越远。光火叔叔临出门还回头向黄大东和美女轻轻地挥了挥手。只见黄大东双手抱胸，眼含悲伤脸却笑着，像是送别永不再见的亲人和朋友。而他身边的美人眼里只有愤怒，像是看着打家劫舍的仇敌逃离。但是受制于男人黄大东的威严,美人的愤怒没有化成追击的行动。

四

光火叔叔对着一个地球仪,愁眉苦脸。因为,世界上很多地方,他都想去,但都去不了,或没法去。光火叔叔解释说像他这样特殊身份的人,是不便出国的,难度很大。钱已经不是问题,但护照是一个问题,签证也是个问题。因公因私,审查这一关是通不过的。一办证,他的身份就暴露了,而他的身份是万万不可暴露的。不能为了一时的休假,影响到国家和人民的安全。毕竟组织培养一个卧底是极为绝密的,也是极为珍惜的。个人安全事小,组织纪律和原则事大。国外是去不了了,那么国内呢?光火叔叔也很犯难。因为,国内的大部分地方他都去过了,没兴趣再去了。而那些没有去过的地方,实在是比南宁还差。南宁这么漂亮的连冬天都有花开的城市不待,难道要去那些寸草不生的沙漠小镇受苦吗?

最后光火叔叔决定,哪都不去,就留在南宁,好好享受目前难能可贵的舒服生活。

光火叔叔是在南宁五星级的五月花大酒店做这个解释和决定的。

韦五宽能有什么意见呢？只有相信和服从。何况，他现在吃的住的他觉得已经好上天了，还用去什么美国、北京、上海呢？他和光火叔叔住的可是总统套房，一个晚上就要八千八。而且，总统套房是用韦五宽的身份证登记入住的，用光火叔叔的话说是让你虚荣一回。开始韦五宽听到八千八这个数目的时候，吓得要尿裤子。虽然光火叔叔说这个钱既付得起组织也许可，但韦五宽还是觉得太不可思议和浪费了。八千八，在农村可以起一层楼住一辈子了。光火叔叔说不能这么想，也不可以这样比，我今天的享受是我用我的命换来的。我这条命死过好几回了知道吗？今天才算是有好报。这也是组织上对我出生入死的奖赏。当然，我有今天的功劳，你也是有贡献的。我会向组织汇报你的贡献，记住你的贡献的。

韦五宽说那我将来能不能当警察呢？

哦对了，光火叔叔放下二郎腿，说能，只要你跟我这么干，就能。

韦五宽精神一振,说那我们要休假多久呢?

几个月吧。

太久了吧?韦五宽说,他有点泄气。我现在只想工作。

你没看见我老了吗?不该好好休息,保养一段时间吗?光火叔叔说,他显得有些不愉快。

不是,光火叔叔,韦五宽说,我的意思是,你休假,有什么事,只要是我能做的,你吩咐我去做。

光火叔叔想了想,嗯一声,并点了一下头。

韦五宽开始给光火叔叔捶背,他是由衷地心疼光火叔叔。但光火叔叔不领情,捶了一下就不让韦五宽捶了。他说你不专业,我会找专业的给我按摩。你也可以去玩玩,但不要走远。这个酒店什么玩的都有。他突然坐直了,哦对了,我还没给你钱呢,我说过要分你十万块钱的。

光火叔叔说话算话,当场从保险柜里数了十万块钱给韦五宽。

韦五宽很傻。我现在要这么多钱干什么?

光火叔叔说是啊,我也要问你,你得了十万块钱,计划怎么用?

韦五宽说我想呢,全部寄回去。五万块钱给蒙家权的家人，他不是跟我赛酒赛死了嘛，我很内疚，五万块算是补偿。另外五万块嘛，把我家的房子翻新了。

光火叔叔听了韦五宽的计划，不同意。他说你才出来一个多月，就寄十万块钱回去，村里人会怎么想？偷的，抢的！一传出去怎么办？一查出你是跟我干的，那我不就暴露了吗？不行，你不能寄钱回去，现在也不能给你，我先替你保管！

光火叔叔说着就把钱往回放。

保险柜里的钱又涨回原来的样子。韦五宽估摸有五十万左右。而他们从欧景庭园带出的现金是五百一十万，还是韦五宽亲自点过的。但是他和光火叔叔住进五月花大酒店时只带了六十万。余下的四百五十万和黄金，光火叔叔说拿去交公了。

韦五宽信。

韦五宽唯一的疑问只是，黄大东抓住了他和光火叔叔，在不知道光火叔叔是警察的情况下，既没有报警，最后还把光火叔叔和他放了，而且，还让光火叔叔和他把全部的金钱都拿走。这是为什么？

答案只有光火叔叔和黄大东知道。当时韦五宽和美女在楼下,光火叔叔和黄大东在楼上单独谈话,他们是怎么谈的?

韦五宽的疑问已经憋了几天了。他有点憋不住了。

光火叔叔锁上保险柜,回头看看沉默的韦五宽,说放心,这钱最终会给你的。

韦五宽说我不是因为这个。

那是什么?说吧。对光火叔叔什么话都可以说。

韦五宽说出了他的疑问。

光火叔叔听了,先是生气,因为韦五宽问了他不该问的问题,越位了。在教育了韦五宽一番后,光火叔叔说好吧,与其你疑神疑鬼,不如就让你知道真相。

光火叔叔是这样说的——

我不是和黄大东去楼上单独谈话吗?主要是为了避开那个女人,不是避你。女人是最不可靠的,等你有了女人后你就会懂。黄大东就是被女人害的。因为女人贪,所以他才贪了那么多钱,走上了犯罪的道路。黄大东是什么人?就是一个县的国税局局长。穷县的国税局局长啊,就贪了那么多。但还不是最多的,比他贪的人还有。这个下面再讲。先讲他为什么不报警?我直截了当跟他说我是警察，侦查员，那他还报什么警？他一听我是警察，扑通就给我跪下了，说我坦白，我坦白。我说坦白从宽，抗拒从严。他老老实实什么都说了。他提到了比他还贪的人，比他更大的大得多的官，比起这些大贪官，黄大东就是一条小鱼。但是黄大东提的大贪官，还没有足够的证据。这些大贪官后台都很硬，没有足够的证据是扳不倒拿不下的。于是我就想啊，先留下黄大东这条小鱼，钓大鱼。黄大东和大官接触多，机会多嘛，那么就利用他和大官接触的机会，顺藤摸瓜，瓮中捉鳖！我把想法跟黄大东一说，他感动得给我磕头，因为这是他立功赎罪的机会。所以呀，他放了我，不，是我放了他。但是，他贪污受贿的钱，我得带走。除了按规定留下活动经费外，我都交公了。真相就是这样。你还有什么疑问吗五宽？

韦五宽听得出神，很久才回过神来，说没有了。

光火叔叔摸摸韦五宽迟钝的脑袋，说那就好。那么，我现在蒸桑拿按摩去。你留下，看好房间的东西。

韦五宽独自留在总统套房里，做一名守卫。他没把自己当总统，连找总统感觉的想法都没有。对他来说，总统就是光火叔叔。但总统现在不在了，去蒸桑拿按摩去了。

按摩我懂,但蒸桑拿是什么?这房间真的住过总统?住过的话是哪个国家的总统呢?美国?意大利?或者越南、柬埔寨?越南、柬埔寨好像不叫总统……

韦五宽胡思乱想,想得头晕。他打开电视看。电视收得一百多个台,连外国台都有。但外国话他听不懂,不久他就调到了中国台,湖南、湖北、江苏、上海、北京……他轮着看了一遍,最后他调到广西台,一看广西台他就睡着了。

最后还是广西台让韦五宽醒了过来,因为迷糊中他突然听到有人说“黄大东”。

韦五宽一个激灵睁眼坐立起来,发现是电视里的播音。新闻报道说广西最大的锰矿冶炼项目工程在金港市开工剪彩,自治区政府副主席孙南以及金港市委副书记、市长黄大东为项目剪彩。

新闻画面是领导正在剪彩的场面。

其中一个一表人才的领导让韦五宽触目惊心。

那不是腐败分子黄大东吗?就是他!

韦五宽看傻了。新闻都播完了,他还傻愣在那儿。

黄大东居然是竟然是市长!可光火叔叔说他是县的国税局局长呢!

新闻和光火叔叔,我应该信谁？谁是真谁是假？

一连串的疑问又吊在韦五宽的脑子里。

但是我不能再问光火叔叔了,韦五宽想,我不能再傻了,我要学会自己思考和判断。

韦五宽踱步在总统套房里,绞尽脑汁地想。想不出就用力敲脑袋。终于,他脑袋嗡的一下,想通了——

哦,我懂了。几天前黄大东还是县的国税局局长,光火叔叔放他回去后,提拔当市长了。

韦五宽打算等光火叔叔回来,就把黄大东当市长的消息告诉他。

但左等右等,光火叔叔没有回来。

五

光火叔叔消失已经三天了。

韦五宽独自留守在酒店房间里,度日如年,焦急得像热锅上的蚂蚁。他打光火叔叔的手机不下一千次,全是关机。他到底上哪去了呢？桑拿按摩能这么久吗？不回来至少给房间打个电话呀。难道光火叔叔出什么事了吗？

韦五宽很慌很慌了。

他不得不出门去寻找光火叔叔。

韦五宽先是在酒店里寻找。光火叔叔离开时不是说去蒸桑拿按摩吗？那就从蒸桑拿按摩的地方找起。

桑拿按摩的地方就在负一楼。酒店大堂的标示牌清楚地写着“桑拿　按摩　-1”字样。韦五宽来到负一楼，服务生看见他，躬身请他进去。韦五宽没有进，只是伸头往里看。服务生重复躬身请了几次，韦五宽还是不进。服务生不客气了，说先生，你如果不是来消费的话，请别影响我们生意好吗？

韦五宽只好说我叔叔在里面，我来找他。

服务生说里面有很多客人，我们不便打搅，请你过那边去等。他指向门外的一个角落。

韦五宽说我叔叔已经来了三天了。

服务生一诧，来这？在里面？

韦五宽点头。嗯。

不可能！那是不可能的，服务生自信地说，哪有三天三夜在里面不出来的客人。

万一有呢？

我们每天都查过房的，没有。你请回吧。

光火叔叔！韦五宽突然手合成喇叭状朝里面喊。

服务生生气了，说你再不走我们可叫保安了！

韦五宽只有走开。

接下来，韦五宽寻遍宾馆的服务场所——酒吧、餐厅、棋牌室、游泳池、公共卫生间、停车场，都没有看见光火叔叔的身影。

他无奈地回房间，却发现房门打不开了。他叫来服务员。服务员告诉他是房卡过期了，请他到大堂服务台去续卡。

大堂服务员查账后告诉韦五宽，登记住宿时缴纳的三万押金已经透支，请补足超支款项并再交押金后方可续卡。

韦五宽说我们有钱，在房间里。请打开门让我去取好吗？

女服务员为韦五宽打开了房门。她站在门外，等候韦五宽取钱出来。

韦五宽没有出来，他取不了钱，因为他不懂保险柜的密码。

女服务员不得不敲门提醒。韦五宽出来说保险柜打不开,我不懂密码。请帮我打开保险柜好吗?服务员说保险柜的密码是由客人自己设定的,你怎么不懂密码呢?韦五宽说密码在我叔叔的脑子里,可我叔叔不见了。服务员说那我也没办法帮你打开保险柜,因为我既没能力也没权利。韦五宽说那等我叔叔回来再续交房费行吗?服务员说恐怕不行,肯定不行。韦五宽说保险柜里真的有钱,而且很多钱,好几十万呢。服务员笑笑,走了。

不一会儿来了一名经理和两名保安,要求韦五宽留下身份证然后走人。韦五宽说凭什么扣留我的身份证?经理说因为你还欠着房费,什么时候补足房费什么时候领回身份证。韦五宽说保险柜里有好几十万呢,就是打不开而已,密码在我叔叔那里,他不见了。经理嘴角掠过一丝轻蔑的笑容,说算了吧,你这种情况我们遇见过。韦五宽说不信你们打开看呀。你们一定有本事打开保险柜的。就当我忘记密码行不行?经理说我们是可以打开保险柜,但万一里面有钱的话,可不能证明是你的钱了,除非在打开之前,你能准确说出里面有多少钱。你能吗?韦五宽说五十万左右。经理说左右?这不行,必须一分不差。韦五宽思前想后，说那还是等我叔叔回来再开吧。经理说但现在你得离开。韦五宽说那保险柜的钱怎么办？经理说这个你放心，我们会搬移这个保险柜专门保管，直到你想起或懂得密码，来打开它。

韦五宽被五月花大酒店扫地出门。他游走在街上，不知道去哪。光火叔叔原来租住的破房已经退掉了。口袋里虽然还有几百块钱，但身份证被扣留在五月花大酒店，现在连旅馆也没法住。风餐露宿不打紧，他经历过。现在最要紧的事是要找到光火叔叔。怎样才能找到他呢？

急中生智，韦五宽想到了黄大东。黄大东和光火叔叔有秘密协议，他或许与光火叔叔有联系，知道光火叔叔的下落。

韦五宽重新进入欧景庭园。他来到 D 栋 1801 房前。今天是星期天，黄大东应该在。

他按门铃。开门的却不是黄大东，也不是他包养的美女，而是一个大胖子。

经过询问，韦五宽得知，1801 已经被卖掉了，大胖子是这套房子的新户主。

那我就去金港市找黄大东，韦五宽当即决定，为了找到光火叔叔,只有如此。

六

金港市政府的门卫坚定不移地阻挡韦五宽,不让他进门。

韦五宽只能在门外等着。他想黄大东总不可能不出来吧?只要他出来,我就可能看见他,他也可能看见我。只要他看见我,谅他不敢不理我,毕竟他有罪证被我和光火叔叔掌握着呢。

金港市政府进出的人车匆匆忙忙,在下晚班时间又是一个高峰。

韦五宽站在车道的中央,迫使每一辆进出的车辆注意他并且鸣笛后,他才让开。而每一辆经过他身边的车子,他都要瞪大了眼睛朝里看,看看车里是否坐着黄大东。

没有。至少,韦五宽所能看见的人,没有他认识的黄大东。

下晚班的时间早过了两个钟头,韦五宽还是没有离开市政府大门外。他想市长日理万机,也许还在办公室加班加点。这样也好，进出的人少了，黄大东出来的时候，就更容易看见我，也更方便接见我了。

一辆黑色的越野车从大街方向开到市政府大门外停下。一个光头从车窗探出头来朝韦五宽招手。韦五宽走过去。光头问他是你找我们老板吗？韦五宽说我找黄大东……市长。光头听了，说那请上车吧。

韦五宽上了车，发现车上除了司机、光头，还有一个膀大腰圆的男人。韦五宽一上车就被这粗壮的男人蒙住了眼睛。韦五宽心想不妙，说我要见黄市长光明正大，干吗要蒙住我的眼睛？男人坚强的手钳住韦五宽挣扎的胳膊，说老实点，不然打晕你去！韦五宽意识到，他被绑架了。

绑架韦五宽的车一直行驶起码有两个钟头，才停下来。韦五宽被推下车，又一直被推着走。被蒙住眼睛的他凭听觉和直觉想象他正在被推进郊区土岭的一幢房里，又被关进一间屋里。

关进屋里的时候韦五宽已经不用想象了，因为蒙住他眼睛的布带已经揭开。但韦五宽仍然看不清屋里的一切，因为屋里没有亮灯。借助从窗棂外洒进的月光，韦五宽依稀隐约发现屋里有个人影，这个人背靠着墙，一动不动，但肯定此人也在看着他，辨别新关进来的人。

五宽，是你吗？光火叔叔的声音。

韦五宽一个激灵，冲动地扑到人影跟前，带着哭腔说光火叔叔！光火叔叔！

叔侄俩在黑暗中互相找到对方的手，亲切而紧紧地握着。韦五宽觉得握手还不足于表达对光火叔叔的担心和想念，他的手改为拥抱。想不到一拥抱光火叔叔就唉哟唉哟地喊疼。韦五宽马上撒开手，他意识到光火叔叔身上有伤。

被这帮畜生打的。光火叔叔说。

我们被坏人给谋害了。光火叔叔又说。

是黄大东干的，一定是他！韦五宽说。

没错，光火叔叔说，他指使人干的。

为什么？

他想要回赃款。就是我们从他二奶家带走的钱。

他出尔反尔！

他这是在犯罪的道路上越走越远。光火叔叔说，对了，你是怎么被他们抓住的呢？我可是被严刑拷打，也没有说出钱和你的下落。

韦五宽说我见你三天没有回房，就跑去金港市找黄大东。然后就被绑到这来了。

你真是傻啊，自投罗网。光火叔叔说。你怎么知道黄大东在金港市的？

我从电视新闻上知道的，我看见他在电视上，韦五宽说，黄大东现在是金港市的市长唉。

光火叔叔说哦，刚提的。

我也是这么想，韦五宽说，但我还是纳闷啦，那么大的腐败分子，怎么还可以提拔呢？

光火叔叔说算他走运。

我们一定要把他拉下马！一定要让他受到法律的制裁！

那我们要活着出去才行啊。光火叔叔叹了叹气，不知道我们还能不能活着出去。

警察一定会来救我们的，韦五宽说，警察一定不会不管你，你又是警察。

光火叔叔摸摸韦五宽的脑袋，说五宽，现在我们必须自救。这些坏蛋一定会逼问你，拷打你，你千万千万不能说出钱的下落，也不能暴露我的身份。这样，我们兴许还有活着的希望。

韦五宽说光火叔叔,你放心。我保证像刘胡兰,像《永不消逝的电波》里的李侠,像江姐,像……

好了好了,光火叔叔打断说,我对你很放心。现在这个世界上我唯一信任的人就是你,五宽。

韦五宽很满足,还很振奋,感觉自己像吃饱饭似的,浑身都是气力、干劲和斗志,这是光火叔叔信任的结果。

果然,在接下来的逼问和拷打中,韦五宽只字未露钱的下落和光火叔叔的身份。

坏人一面用老虎鞭抽他一面问,钱在哪里?

韦五宽没有张嘴。

坏人一面用烙铁烙他一面问,你和那老家伙有没有举报我们老板?

韦五宽只是嘶叫。

坏人们见韦五宽被打得半死也不说话,骂骂咧咧的。光头说操,难道还要让我给你使美人计不成?这荒郊野岭的,我上哪找女人去?

那个粗壮的男人则说,我看埋了他算了,反正也问不出什么来。那老的也一起埋!

光头思忖了一下，说老的先留着。这小的我分析什么都不懂，就是个傻小子，留着没用，埋就埋了吧。

粗壮的男人说，我去执行。

七

韦五宽从树林里往外爬。爬出树林就朝有流动灯亮的方向爬。爬呀爬，他爬到天亮，爬到了公路边上。

一辆飞驰而过的小车紧急刹车，在百米开外停住。从车上下来一名外国男人。外国男人往回走，走到满是伤痕的韦五宽跟前，战战兢兢地用中国话说对不起，我撞到你了。我马上送你去医院。

韦五宽摆摆手说不用。请送我去公安局，我要……报警。

外国男人将韦五宽送到离出事地点最近的大马县公安局。韦五宽报案的第一句话就说快救我光火叔叔，他被绑架了！我知道我光火叔叔被关在哪里，我带你们去！接待的警察一听是绑架，不敢怠慢，立刻报告领导。领导也刻不容缓，组织警力，直奔韦五宽指引的地方。

荒郊土岭上的确有一幢孤立的房屋。但警察到达的时候,却扑了个空。房屋里不仅没有人影,连绑架的痕迹也不存在。韦五宽说那我带你们去看活埋我的地方。

韦五宽带着警察走进树林,却怎么也找不到他被活埋的地方。

但被活埋的过程,韦五宽却讲得十分传神。

韦五宽说,绑架我和光火叔叔的其中一个男人,把我押到了这片树林里。他交给我一把铲,让我自己给自己挖坑。我一边挖坑一边想着脱逃的办法。我发现挖坑的时候碰着许多树根,我没有将树根挖断,只抛出土来。挖到我等身高的时候,我把铁铲扔上去,对男人说埋吧。男人铲土要埋我的时候,我求他能不能扔给我一些树枝,垫垫背,盖盖身,让我死得舒服些。男人满足了我要求。男人往坑里填土,我就用树枝遮盖在树根上,挡住泥土。我躲在树根下的空洞里。男人将坑填满了。我估计他走了,就用我预留的一根树枝捅出一个孔,泥土就从这个孔漏下来。很快我就能露出头来呼吸了。我挣扎了几下,踩上树根,就从坑里出来了。

坑呢?警察问。

是啊，坑怎么不见了呢？韦五宽也觉得莫名其妙，明明就在这里的呀？

看来你不是被绑架，而是真被车撞的。警察说。

我真的是被绑架的呀！韦五宽喊冤，而且绑架我和我叔叔的人我也知道，是金港市市长黄大东！我叔叔也是一名警察！是一名卧底！

警察们笑了。一个警察说你不仅是被车撞了，而且被撞得还不轻，精神错乱了。

带队的警察立刻指示将韦五宽送往医院，并把那个肇事的外国佬叫回来，承担责任。

韦五宽被强制送往大马县医院。那个已经开车到南宁的外国男人又回来了。他十分诚恳地对警察说我一开始就说是我撞的嘛，我愿意承担责任。我叫杰克。

警察把韦五宽交给了杰克。

警察一走，韦五宽对杰克说杰克先生，如果你对我负责的话，请把我送往南宁，我要转院。

杰克没能负责地把韦五宽送进南宁的医院，因为车一进南宁，韦五宽就借故跑了。

韦五宽来到南宁市公安局，重新报案。

接待的警察听了叙述后，问了韦五宽几个问题。

警察问，你说你叔叔是一名警察，是什么单位的警察？

公安局警察呀。

是哪个公安局的警察？

这个我不知道。我叔叔没有告诉我。他只说他是一名秘密警察，是警察打入犯罪集团里的卧底。很绝密的，公安局只有个别领导知道他的真实身份。

你没发烧吧？

没有。我很清醒。

你能不能把你和你叔叔经历的事情从头到尾再讲一遍，仔细讲。

韦五宽讲得仔仔细细，连叔叔蒸桑拿按摩都讲。

你有你叔叔的照片吗？

没有。

请问可以从什么地方提取到你叔叔的指纹吗？

韦五宽想了半天，突然说有！

韦五宽带着警察来到五月花大酒店，找到那名将他撵出酒店的经理。经理把警察和韦五宽带到保管保险柜的房间。韦五宽说保险柜上有我叔叔的指纹。保险柜里还有好几十万块钱呢。

警察提取了保险柜上的指纹，并通过电脑传输到局里比对查验。

警察接着打开保险柜，果然发现有韦五宽所说的几十万元人民币。

指纹比对结果也出来了。

主事的警察庄重地对韦五宽说，我们找你叔叔已经很多年了，如果这回找到他，那你可就立了大功啦！

韦五宽非常开心，从他天真烂漫的笑容可以看得出来。

八

韦五宽再次来到南宁市公安局，是半个月后的某一天。警察通知他，他的叔叔找到了，请他到公安局认人。光火叔叔得救了！韦五宽兴奋无比。他又蹦又跳地进入公安局。

光火叔叔居然是戴着镣铐和他见面的？！

韦五宽质问警察说你们有没有搞错？我叔叔是一名

警察咧,警察里的英雄,你们怎么能像对待犯人一样对待他?

警察说你自己问问你叔叔,让他亲口告诉你,他究竟是什么人。

韦五宽看着光火叔叔,紧盯着他的眼睛,生怕他说谎。

光火叔叔缄默了半天,对着来自故乡的两个月前才遇见的堂侄子,说五宽,叔叔不是警察。你是警察。没有你,警察永远都抓不到我。

韦五宽说这到底怎么啦?究竟是怎么回事?我怎么啦?我是让警察去救你,不是抓你!

光火叔叔想打自己的脸,但因为手脚的镣铐连着,脸没打着。他只能说,我活该!

关于光火叔叔的真实身份或事实真相,最后还是警察告诉韦五宽的。

警察是这样说的——

韦光火不是警察。他是冒充警察的通缉犯,而且是公安部A级通缉犯。他被通缉十一年了,现在才抓到他。十一年前,他在北京夺枪打死了一名警察,然后携枪逃跑。他在上海整容,然后潜回广西,隐姓埋名。他根本不再使用韦光火的姓名。而你从都安农村来到南宁,居然能在茫茫人海中找到你从没见过面的堂叔,简直是个奇迹。但你被你堂叔骗了。他利用了你。你们潜入欧景庭园 D 栋 1801 等住宅进行盗窃活动。因为大意,具体地说因为你们醉酒睡过头,被周末回南宁度假的户主肖某和她的情人黄某抓了现行。韦光火是个很狡猾聪明的人,他能判断黄某是一名官员,不法官员。他断定黄某不敢报警,因为一报警,他完蛋,黄某也得倒霉。于是两人到楼上单独协商,达成这样的协议:黄某不报警,但韦光火必须远走高飞,不得在广西地面上再出现。所有的金钱韦光火都可以带走。黄某只要保得住官位,失去的金钱可以再捞回来。但是,韦光火没有遵守诺言。他没有离开广西。黄某动怒翻脸了,授意别人绑了韦光火,然后又绑了你韦五宽。你侥幸逃脱后,绑匪们发现了,迅速伪装了绑架和活埋的地点,并将韦光火转移。你报案后,我们根据你提供的情报,提取保险柜上的指纹进行比对,证实你被绑架的堂叔正是公安部的 A 级通缉犯。要知道韦光火的下落,就得从黄某那里突破。在请示上级后警方、纪委联合对黄某进行控制。黄某最终承认授意他人绑架韦光火的事实。警方迅速出击,一举抓获绑匪和即将被绑匪杀人灭口的公安部 A 级通缉犯韦光火。

听完警察的讲述,韦五宽突然瘫软在地。他是被真相击垮的。

但是最后,韦五宽还是站了起来,在警察的扶持下。

韦五宽也免不了被戴上手铐。他被警察戴上手铐的瞬间,乖得让警察感动。